黃泉委託人
陰鬼師
繪

陰鬼師

鬼門關

人物簡介

謝任凡

26歲。人世間的職業為無業遊民的他，在黃泉界卻有著響噹噹的名號——「黃泉委託人」。替鬼辦事，收取報酬。不擅長與人交往，與鬼卻能稱兄道弟。擁有兩個鬼老婆，卻沒有半個人世間的朋友。從小就有陰陽眼的他，因為命格的關係，注定了他剋死雙親的命運。為了化解此劫，被撚婆收養，在撚婆的照顧之下長大成人。在開業之後，不但解決了許許多多的委託，還打響了自己的名號。前半時期，與撚婆合作除了接委託之外，還四處不斷收服怨靈，因此也有了『怨靈獵人』的稱號。但是在撚婆退休之後，任凡也推掉了一切跟黑靈有關的委託。個性外冷內熱，雖然從小看穿陰陽兩界的他，對許多事情擁有獨特的觀點，但是卻因為從小缺少母愛，所以常常會在撚婆等長輩的面前，表現出比較孩子氣的一面。

白方正

28歲。年輕有為的中生代警員。從小出身在軍人世家的他，有著與名字一樣方方正正的規矩行為。嫉惡如仇、有正義感。雖然擁有壯碩的體格，卻十分怕鬼。雖然做事認真，操守中正，卻因為不夠圓滑，所以一直沒有辦法獲得重用。在認識了任凡之後，意外打開了一扇自己想都沒有想過的窗戶，見到了渾然不同的世界。雖然膽小怕鬼，但是為了幫助被害人抓到凶手，自願點靈晶讓自己可以見鬼。想不到這竟會讓他飛黃騰達，搖身而變成為警界最炙手可熱的超級救世主，專門處理警方最棘手的案件。與任凡雖然性格不合，但是卻多次聯手解決了各式各樣的委託。不知不覺中，自己成了任凡在人世間唯一的朋友。

小憐、小碧

原為黑靈，兩人現年約44歲，容貌則維持在18歲的死時模樣。被同一個凶嫌所殺，因此成為了凶靈的兩人，其凶狠的程度在黃泉界頗負盛名。見人殺人、見鬼殺鬼的她們，在撚婆與任凡的通力合作下，依然能夠頑強抵抗。最後卻因為任凡拚命的感化，化解了怨氣，並且一起成為了任凡的妻子，幫助黃泉委託人解決一件又一件的委託案件。兩人雖然同年，但是互認為異姓姐妹，比較老練成熟的小碧是為姐姐，而比較俏皮可愛的小憐則為妹妹。

撚婆

年近70的法師，為了學習法術，選擇了孤老終生作為代價，是孟婆在人世間十三個乾女兒中仍然存活的最後一位。在二十多年前與任凡父子相遇之時，得知了任凡不凡的身世與狀況，於是收任凡為養子，一手將他撫養長大。對從小喪母的任凡來說，撚婆就像親生母親般重要。在任凡決定了自己要走的路之後，撚婆給予不少協助，運用所學幫任凡披荊斬棘，建立了黃泉委託人的招牌。現在因為年事已高，拒絕了任凡的邀請，選擇獨自一人住在山區，過著簡樸的生活。個性直來直往，不喜歡拐彎抹角。即使已經隱居山野，但是只要任凡遇到困難，隨時都會挺身而出。

羅志宏

阿宏，25歲的菜鳥員警。自從在「葉家三口滅門慘案」中，被局裡派為方正的助手之後，與白學長結下不解之緣。後來在警政署特別成立的「白方正特別行動小組」，被方正欽點為助手。為人樸實，對方正有著無限的欽佩，是個辦事非常可靠的手下。

葉淑蘋

紅靈，21歲時死亡。「葉家三口滅門慘案」慘遭殺害的葉家女兒，因為方正的幫忙，而順利逮捕到了凶手，因此決定不管方正的意願如何，也要以身相許。曾經找上任凡協助，但是在方正的干預之下，決定保持中立，讓他們兩人自己解決問題。時常出現在方正身邊，美其言為照顧方正，實際上是希望方正有一天可以願意迎娶自己入門。

張樹清

菜鳥鬼差，現年約50歲，容貌則維持在死時45歲的模樣。生前是被人謀殺的高階警官，死後為了躲避黑靈的追殺而委託任凡幫忙找尋殺害自己的凶手。在任凡與方正的協力之下，最後不但找出了凶手，還消滅了黑靈，並且完成了他與現任妻子的冥婚儀式。婚後因為陽壽已到，被抓回黃泉報到，為了能與自己仍然在人世間的妻子相見，自願擔任可以常常因為公務回到陽間的鬼差。

陰鬼師

第1章・失蹤人口

1

世界是一片昏暗，但是這裡不停閃爍著耀眼的光芒。

震耳欲聾的音樂，撼動了人們的心靈與肉體。

汗水揮灑在舞池中央，幾個人閉上眼睛陶醉地在舞池中擺動著軀體。

氣氛是如此的紙醉金迷，空氣中到處都充滿了誘惑香氣。

男男女女耳鬢廝磨，就好像一群動物在互相品嚐著對方身體所散發出來的香氣般糜爛。

在這裡，不只有男人是獵人，就連女人也是眼神銳利的獵食者。

他們品嚐著同樣身為獵人的獵物，物色著可以讓自己心跳加速的對象。

小妮，就是這樣的一位女性。

穿著的低胸裝可以讓胸口露出一條深邃又勾魂的溝，眼瞼也抹上了在黑暗中依舊耀眼的亮片眼影，輕易就可以看出她是箇中好手。

今天，卻有個意想不到的人吸引著她的目光。

她注意了他很久。

在這昏暗的世界，他戴著非常不合宜的墨鏡坐在那裡，點了一杯酒，但是卻連喝都沒有喝。

彷彿在等待著什麼般，他就像一朵出淤泥而不染的花朵，沒有那種貪婪打量著女性胴體的醜樣，也沒有刻意想要吸引任何人注意的做作模樣。

似乎四周的重音樂、那些讓人臉紅心跳的畫面，都無法吸引他高傲的目光。

只要見到喜歡的獵物，就毫不考慮的撲殺過去，才是這裡的遊戲規則。

合則來，不合就散。

這裡的情慾不用太花腦筋，一切讓肉體來決定。

此時，小妮站起身來，走向男子。

她刻意停在吧檯邊，一副要點東西的模樣，其實只是希望讓他看到自己那最勾魂的胸線。

等到一切準備就緒，她的雙眼看向他，然後對著他傾城一笑。

「一個人嗎？」

絲毫沒有料到有人會來搭訕，男子有點驚訝，但是這樣的情緒很快就淹沒在他不動聲色的表情之中。

他點了點頭。

「這裡可以坐嗎？」小妮指了指男子旁邊的位置。

男子再度點了點頭，並且站起身來，幫她把椅子拉開。

這時就連原本搖滾動感的音樂，也突然停了下來，曲風一變，成了浪漫抒情的樂章。

一切都好像在配合兩人的相遇。

「在這種地方你還戴著墨鏡，看得見嗎？」

「這可是有原因的。」男子神祕地回答。

男子對常跑夜店的小妮來說，有一種難以形容的魅力。

但小妮可以清楚的看出來，這男人並不屬於這種地方。

他很內斂，但是內心卻彷彿有源源不盡的熱情。

他很沉默，但是心中卻好似有說不完的故事。

在這個一切都瘋狂擺動的世界，他就好像靜止的藝術品般，清新動人。

「你真的好奇怪喔。」小妮側著頭笑說：「在這麼暗的地方還戴著墨鏡，然後點了酒又不喝。」

「我不能喝酒。」男子淡淡地一笑：「因為我正在執勤。」

小妮側著頭，痴痴地看著他。

雖然男子很可能還在狀況外，但是小妮知道，她已經陷入了泥沼，一個名叫愛情的泥沼。

在這種地方，動心不需要交心，只要順從自己的慾望，就不會有什麼遺憾。

兩人閒聊了一陣子，男子的一舉一動，都讓小妮怦然心動。

突然之間，男人停了下來，看了看手錶，點了點頭。

「請等我一下。」男子微笑著說。

男子說完站了起來，朝著舞池中央走了過去。

小妮的眼神隨之而動，不肯放過任何欣賞他的片刻。

他優雅地穿越陶醉中的男女，穿過了舞池，來到了位於舞池對岸的包廂之中。

包廂裡面也是一片紙醉金迷，男男女女互相依偎在對方身上，男子走到了其中一個張開雙臂左擁右抱的男子面前。

他從胸口掏出一張紙，在那還沒清醒的男人面前攤了開來。

「林志威，你涉嫌謀殺洪倫森，這是你的逮捕令，現在要帶你回去。」

那男子一聽，整張臉刷地慘白，身子不過才動了一下，瞬間，他眼光所及的幾個舞客與旁邊幾名女子，立刻紛紛掏出槍來，將槍口全部對準了他。

他渾身顫抖，望著眼前那位在一片昏暗中，仍堅持戴著太陽眼鏡的男人。

對方臉上掛著自信的笑容。

男人彈了一下手指，後面兩名裝扮成舞客的警員，便衝過來將他上銬。

在這男男女女混雜的世界之中，小妮已經記不得自己的心，最後一次為了一個男人心動，是多麼久遠以前的事情了。

她幾乎已經認定自己不可能再為男人臉紅心跳了，但是「他」卻顛覆了她的世界。

男子風度翩翩的一舉一動都看在小妮的眼裡，她看傻了，也痴了。

男人指揮調度現場的警員，將那個早就已經嚇到腿軟的嫌犯押走。

場子裡的歡樂因為這件意外而暫停了下來，每個人都側目觀察這些進進出出的刑警。

他就好像從電視劇裡面走出來、玉樹臨風的偵探，不僅抓到了犯人，也一起逮捕了她的心。

待事情告一段落，交代完相關事項之後，他邁開了腳步，走向小妮。

小妮看著他，就好像從天堂緩緩步下階梯的天使，實現了她最最美麗的夢境。

「可以跟我一起共進晚餐嗎？」他說，聲音充滿溫柔與甜蜜。

小妮笑著點點頭，優雅地伸出自己的手，讓男子宛如紳士般，將她牽了起來。

小妮刻意地扭動自己的腰部，展現出自己俏麗的身體曲線。她優雅冷靜，可是內心卻已經熊熊燃燒了。

兩人並肩走出了這個縱情歡樂的場所。

這一切，打從一開始就觀察著方正的阿宏，全看在眼裡。

冷靜、風度翩翩以及那種優雅，無一不是自己最好的榜樣。

更不用提命案發生至今不過短短的十九個小時，白學長不但查出了犯人，也抓到了凶手。

「我到底要多久才能像白學長這樣呢？」

阿宏捫心自問，但是他知道，自己或許不管多麼努力，都無法到達白學長宛如神話般的境界。

但是他並不氣餒，因為現在的他是全台灣所有警務人員中，最有機會向學長學習的人。

一個月前，為了讓方正可以更加方便行事，警政署特別成立了「白方正特別行動小組」，直屬於警政署署長。

而阿宏不敢置信的是，自己竟然三生有幸、祖宗積德，被該行動小組最重要的人物——白方正，指名為助手。

為了這次榮升，阿宏的爸爸還辦桌請鄰居們享用了一頓流水席。

不管彼時還是此刻，阿宏都彷彿可以看到一條階梯在自己的眼前，一條通往天國的階梯。

自己真的是全警界最幸福的警員了！

阿宏握緊了拳頭，鼓勵了一下自己，然後投身在白學長交代的工作之中。

自從與黃泉委託人謝任凡相遇之後，方正的人生有了許多重大的改變。

最讓方正不能適應的就是，點了靈藥之後，自己隨時都可以看到和聽見存在於周遭，另外一個世界的一切。

這對於天生就非常怕鬼的方正來說，是件非常糟糕的事情。

為了應付這種情況，方正只點了左眼跟左耳。

這樣一來只有自己的左眼和左耳才能聽見、看到「鬼」。

方正還特別去訂做了一副太陽眼鏡，並且將太陽眼鏡左邊的鏡片整個塗黑，接著在左耳戴上耳塞，如果方正不想看到鬼影，也不想聽見鬼嚎的時候，就能圖個清靜。

除了這點之外，其他改變對方正來說，都算是非常甜美的。

不但在工作上平步青雲，現在還出現了對自己這麼心儀的女性。

這真是天上掉下來的禮物啊！

從來都沒想過，自己可以吸引到條件這麼好的女性。

方正感覺這一切都如夢似幻，一直到了兩人來到方正家門口，方正都還不敢相信這一切竟然是真的。

兩人回到方正家，大門才剛關上，小妮就立刻撲到方正身上。

一整晚用矜持包住那已經熊熊燃燒的慾火，此刻她褪去了那件偽裝的大衣，貪婪地吻著方正。

面對如此激情的小妮，方正也熱情回應。

兩人沉醉在激情的熱吻中，卻沒有發現，旁邊有個女人惡狠狠地瞪著兩人。

這真是太過分了！

竟然在我的面前上演激情秀！

女人憤怒到臉色發青，頭髮也跟著飛揚了起來，隨著情緒越來越火大，女人臉上的表情也越來越恐怖。

先是一雙圓潤的大眼，慢慢向上吊起，並且從眼角流出了血；女人原本白皙的臉龐，此刻也發出藍藍綠綠的光；而一對櫻桃小嘴，此刻不但開到了耳際，還露出了尖銳的虎牙。

兩人完全沒注意到女人，更別說那些發生在她身上的「變化」。

在小妮半開半闔的眼前，一盞檯燈就這麼由左而右凌空飛了過去。

這一下讓小妮立刻張大眼睛，只見不只是檯燈，就連電話跟椅子都騰空飄了起來。

小妮驚恐地張大了嘴巴。

得不到小妮熱情回應的方正，被拉回了現實，稍稍抬起臉來。

「啊！」

當他發現是怎麼回事時，為時已晚。

小妮看著眼前彷彿在外太空無重力狀態下，飄浮起來的家具。

就在小妮驚恐萬分的同時，她看到了一個青面獠牙的女人就站在那裡，不但七孔流血，眼神還充滿無比的恨意。

「啊——」

就在那恐怖的女鬼撲向她的同時，小妮發出了這輩子都沒想像過的尖叫聲，然後向下一軟，整個人癱倒在地上，不省人事。

「不——」

眼看這熱情的女人就這麼軟躺在地上，方正不自覺的發出了懊悔嘆息。

他張開手，伸向小妮，卻沒能攔住已暈倒的她。

眼睜睜看著一股完美的熱情，變成一場燃燒不完全的慾火。

恨啊！

這稍縱即逝的熱情，轉瞬間就被女鬼給澆熄了

現在就算這女人醒了過來，恐怕也被女鬼嚇到不想再看到自己了吧。

方正看著小妮，心中充滿了懊悔與痛苦。

再見了，我的熱情、我的愛。

方正感覺自己萌芽中的戀情也在小妮昏倒的同時，被人粗暴地打碎了。

他惡狠狠地瞪向那讓他心碎的女鬼。

眼前的女鬼，方正當然不陌生。

這隻女鬼叫做淑蘋，方正當初就是幫她抓到殺光她全家的凶手，才會被這女人，不，女鬼給纏上的。

結果淑蘋報答他的方式竟然是以身相許，不，是粗暴的以身相許，就連方正不想要也不行。

眼看方正怒火難消，恐怖又青面獠牙的淑蘋早已經消失，變成一個做錯事的小媳婦般低著頭。

「對不起。」淑蘋嘟起了嘴，「我衝動了。」

方正氣到完全說不出話來，又狠狠地瞪了淑蘋一眼之後，頭也不回地走了出去。

淑蘋見狀立刻慌張地跟了出去。

房間裡面只剩下躺在地上無辜的小妮，與方正無法宣洩的激情。

2

兩棟廢棄的建築物，宛如一對兄弟般聳立在黑暗之中。

過去，在與任凡相遇之前，方正或許不會多看這裡一眼。

畢竟對他來說，不，對陽間的人們來說也是一樣，這裡不過只是一棟廢棄的住宅。

但是自從與任凡相遇之後，他才了解到了人世間的許多地方都不像他自己過去所認知的。

在陽間只是人人不屑一顧的這塊土地，現在卻是一堆遊蕩於此而不肯離去的鬼魂之家。

各式各樣的鬼魂，長年都聚集在這裡。

有些唱戲、有些看戲，還有些童鬼喜歡欺負善良的老鬼，把他們的頭拿來當成球踢。

這一切對一年前的方正來說，是會讓他嚇到尿濕褲子並且毫不猶豫就暈倒過去的景象，現在也已經愈來愈習以為常了。

就連那張凌空架在兩棟建築物中間的紅地毯，也愈來愈司空見慣了。

這裡就是黃泉界最著名的地標之一——黃泉委託人的住所。

方正怒氣沖沖地跑了進去，而淑蘋緊跟在後。

兩人衝進大樓、上到了六樓，毫不猶豫地踏上那張紅毯，直接來到了對面的頂樓。

「死任凡！你上次明明就說好了！你會保持中立！」

一見到悠閒坐在客廳喝咖啡的任凡，方正劈頭就罵。

「我又怎麼啦？」任凡一臉無辜。

「你這樣還算中立嗎？」方正指著跟在他後面的淑蘋：「你說你中立，可是你那兩個老婆卻教了這女人怎麼『拿取、移動』陽間的東西，你知道她做了什麼嗎？她在別人面前隨便把東西拿起來亂拋，把人都給嚇暈了！」

被方正這麼一說，任凡側著頭看了一下淑蘋。

只見淑蘋雖然低著頭，但是臉上還是看得出一臉歡喜，似乎以自己的惡作劇為榮。

「那是你們小倆口的事情，怎麼可以扯到我們身上呢？」任凡聳了聳肩：「就算小碧、小憐不教她，時間久了她自己也能學會的。」

「話不是這麼說，總之你們教了她拿東西，卻沒有教她不可以隨便在別人面前亂拿，這就是不對！」

「我想這不需要教吧？畢竟她們拿取陽間的東西也是會耗損元氣的！人家她都願意耗損元氣了，想必就是要給『那個人』看吧？」

聽任凡這麼一說，淑蘋立刻點頭如搗蒜。

可能是爭吵的聲音太大，就連原本在臥房裡面的小憐也走了出來。

淑蘋一看到小憐出來，立刻走向小憐，鞠了個躬。

「小憐老師，我拿起來了，我真的拿起來了！」淑蘋興奮地說。

小憐先是一臉驚訝，然後很快就會意過來，點頭表示讚許。

「你看！」方正一看到小憐跟淑蘋一派親密的模樣，立刻指著兩人、對著任凡罵道：「這算哪門子中立啊！」

眼看自己的行為讓任凡夫妻受到方正的責難，淑蘋這時也忍不住了，挺身在方正面前扠著腰回擊。

「是你太過分了，我是你沒過門的妻子，你怎麼可以在我面前跟女人摟摟抱抱。」

「什麼沒過門的妻子？誰承認了啊！妳知不知道這個吻，距離我的初吻有多遠！八年耶！」

「這跟距離你的初吻多久有什麼關係？你是有未婚妻的人，不可以像你過去的生活那麼放蕩！」

「放蕩！我這一輩子也不過交過一個女友，而且還不到一個月就被人甩掉了！光這傢伙老婆的數量都比我交過的女友還多了！這樣叫做放蕩？」

「我又不是在跟你翻舊帳，總之，你有了我這個未婚妻，就不能跟別人胡搞瞎搞！」

「妳不是我的未婚妻！」

兩人這樣你一言我一語地吵了起來，渾然不把任凡跟小憐放在眼裡。

任凡與小憐坐在沙發上，笑看這場爭吵。

不管怎麼看，都像是一對小夫妻在爭吵。

兩人吵得火熱，渾然沒有察覺在門口出現了一個身影。

一直到任凡用手擋住他們，兩人才停下來。

「夠了，我有客人。」任凡轉過頭對小憐說：「小憐，把他們帶到客房，讓他們在那邊好好解決。」

兩人這時才看到門口已經多了一個人，不，一個鬼。

那是一位年邁的老太太，雖然方正看不出來，但是在任凡的眼裡，她渾身散發著一股藍氣。

兩人在外人面前也不方便繼續吵下去，只好乖乖跟著小憐到客房。

「我先跟你們說。」兩人臨走前，任凡正色道：「過幾天就是鬼門開。我可沒時間看你們胡鬧，那是我一年之中最忙碌的月份，沒什麼特別的事情，可別來找我。」

兩人離開之後，任凡便領著老太太，朝房屋最深處的辦公室走去。

3

分局局長的辦公室裡面，氣氛一片凝重。

一名婦女坐在沙發上，掩面不停哭泣。

房間中央站著一個怒氣沖沖的男子，穿著整齊西裝的他，不但拿下了領帶，還捲起了袖子。

男子擺明了如果今天不把這件事情擺平，就不打算回家了。

「你自己說！」男子指著署長：「治安壞成這樣，你這局長還想幹多久？」

「真是對不起，陳議員。」局長額頭上冒著豆大的汗珠，緊張地說：「我們現在已經派出了所有警員，正在全力尋找貴公子的下落。」

「都已經多久了！」陳議員漲紅著臉：「一點消息都沒有！」

「他一定是被綁架了！」陳議員夫人坐在椅子上，聲嘶力竭地說：「我可憐的兒子啊！」

話才剛說完，陳夫人趴下去又是一陣痛哭。

陳議員則是惡狠狠地瞪著局長，瞪到局長縮成了一團，不知道該怎麼回應才好。

想不到自己分局所管轄的地區，竟然會發生這麼嚴重的案子。

從一個月前，就陸陸續續有小孩子失蹤，一直到今天的陳議員公子，已經累積了五起類似的案件。

這些小孩失蹤前都沒有任何異狀，就連學校的同學也都沒有發現什麼，目前只知道失蹤當天，他們都在學校上課，放學後才不知去向的。

看起來就像一般的綁架案件，除了這些家長都沒有接到任何要求贖金的電話。

即使局長已派出了所有分局的員警，日以繼夜的搜查，但是得到的線索卻像是一場空。

連個目擊者都找不到，好像這些小孩就此人間蒸發似的。

「我記得……」陳議員恨恨地說：「局長，你不是也有一個七歲的獨孫在這個區域讀小學？」

一聽到議員這麼說，局長心中一凜，抬起頭來看著議員。

「失蹤的不是自己的小孩，難道就可以隨便了事？」

「當然不是！」局長嚴正否認。

「那你們現在查到了什麼？」

被陳議員這麼一問，局長又低下了頭，整個人就好像將禮物搞丟的聖誕老公公般沮喪。

「我就知道，事情只要不扯到自己，就隨便亂查，這就是你們警方的辦案態度！」

被陳議員數落了一個晚上，讓原本處事圓滑的局長也動怒了，這些年來自己可不是靠著混吃等死才晉升到這個地位的。

局長下定了決心，這一次的案件不只關係到自己的烏紗帽這麼簡單，還將影響全警界的名譽。

相信只要這麼告訴署長，一定可以得到全力的後援。

一想到此，那個人的身影就浮現在局長的心中。

對啊，只要有他，一切都沒問題。

那個男人就好像讓人信仰的神明般，即使只是想到他，都帶給局長無比的勇氣。

局長點了點頭，拍了桌子，起身說道：「陳議員！」

一整個晚上都頹廢不已的局長，此刻突然精神抖擻了起來，讓陳議員嚇了一跳，就連原本哭個不停的陳夫人也抬起頭看向局長。

「請放心！」局長的臉色堅定有信心：「我決定向中央請求支援，派出一個專案小組來調查貴公子的案子！只要那位警官出馬，一切都沒有問題！」

「喔？」陳議員半信半疑。

「我幹警察已經三十多年，從來沒看過像他這樣的英才！」局長瞇著眼睛，望向遠方：「他獨立偵破了連專案小組都束手無策的『張樹清警官謀殺案』，任何難以偵破的案件，只要他出馬一定立即破案。他是我們警界的驕傲！他是現代的福爾摩斯、包公轉世！他是傳奇，是神話！更難能可貴的是他的謙虛與踏實，更是我們警界的模範！」

「這個人，到底是誰？」

「他就是我們警界的至寶，台灣之光——白方正警官。」局長一臉驕傲地說：「我相信只要他一出馬，立刻就可以查出貴公子的下落！現在就請議員帶著夫人回家，好好地睡一覺。相信不出幾天就可以準備迎接貴公子回家了！」

聽到局長拍胸脯如此保證，就連陳議員那原本已經哭花了一張臉的夫人，也都張大了那雙哭紅的雙眼。

此刻，就連陳議員都相信，只要這位傳奇警官白方正出馬，過幾天就可以見到他那寶貝的小兒子。

4

在任凡的所有生意中，「藍靈」的生意一直都是最輕鬆的。

在這些靈魂所體現出來的顏色之中，藍靈所代表的是「羈絆」。

簡單來說，就是對這人世間仍有眷戀的魂魄。

這些人多半是被親人與愛人的感情牽絆，不願意離開，只為了照顧並守護著自己心愛的人事物。

一般來說，大家俗稱的「守護靈」，多半都是這些藍靈。

他們對人世間的眷戀，讓他們在任凡這種天生擁有很強靈性的人眼中，呈現出藍色的光。

也由於這層眷戀，藍靈所委託的工作，一般都與所眷戀的人事物有關。

或許是要代為轉達什麼，或者是幫忙他們在乎的人脫離命中注定的難關之類的，雖然也曾經接過幾個比較特殊、棘手的案件，但是整體而言，接下藍靈的生意一直都是任凡的最愛。

任凡帶著老太太到了後面的辦公室。

老太太有點畏縮地看了一下四周，最後眼神停留在任凡身後那六大不接原則上。

一、沒有酬勞或利益的工作不接
二、牽扯到雙鬼恩怨的工作不接
三、抓替身、找替死鬼的工作不接
四、會因此惹禍上身的工作不接
五、破壞天理循環、傷風敗俗的工作不接
六、與黑靈打交道的工作不接

任凡靜靜地等著老太太看完，然後說：「如果您想要委託我的案件，有違背其中任何一項的話，那只能說很抱歉了。」

老太太低頭沉思了一會兒，才搖搖頭說道：「應該沒有。」

「嗯。」任凡點了點頭說道：「那就請妳說說想要委託我的事情吧。」

「事情是這樣子的。」老太太皺起了眉頭：「本來，前年我就要下去報到準備投胎了，卻在這個時候，我的寶貝孫女過世了。那時候我想如果我去投胎，她一個人在人世間遊蕩太可憐了，所以就繼續留在人間照顧她。我想，等到我那兒子或媳婦其中一個往生了，我再離開。」

任凡點了點頭，對藍靈來說，真正讓他們留在人世間的理由都是如此，聽起來算是正常情況。

「原本我們祖孫兩人過得也算愜意，陽世間的兒子、媳婦都很心疼我這個孫女，那麼小就走了，祭拜方面很充裕，我們祖孫倆也算是衣食無缺。」

老太太說著，接著神情驟變。

「可是就在前幾天，她突然失蹤了！」老太太激動地說：「她才六、七歲就過世了，連什麼好朋友都沒有，我很心疼她，常常帶她到他們家附近的公園，去看其他小朋友玩耍。誰知道我才一個不留神，她就不見了。」

任凡皺起了眉頭。

鬼完全是靠著意念行動，換句話說，只要鬼魂想念著某個人，幾乎可以瞬間就到達那個人的身邊。

雖然想這麼做，還是需要一點時間練習，像淑蘋這樣死不滿一年的鬼，也許不能百分之百成功，但是像老太太死了這麼多年的，應該可以輕易辦到才對。

換句話說，老太太找不到的話，很可能這位小孫女已經不在人世間了。

「會不會是被帶到下面了？」任凡問道。

「不。」老太太搖了搖頭：「我可以感覺到她還在人世間，可是不知道為什麼我就是無法到她身邊。更何況她是枉死的，我怕她一個人進枉死城會害怕，所以才把她留在上面，都已經過了兩年，怎麼可能現在才被抓下去？」

任凡知道老太太所言不虛。

一般來說，當枉死的人死後不久，就會有個領路人前來，將往生者帶進枉死城。

如果錯過了那位領路之人，之後就只有自己想辦法下去了，不過要自己下去枉死城，沒有那麼簡單。

任凡思考著老太太孫女在陽間失蹤的幾種可能性。

一旁的老太太見狀，等了一會兒才怯生生地問：「所以我想委託您去找我失蹤的孫女，不知道可不可以？」

「當然可以。」任凡嘴角露出一抹微笑：「不過您有辦法可以支付報酬給我嗎？」

老太太考慮了一會兒，緩緩地點了點頭。

5

在任凡接受老太太委託的同時，方正也接到了電話，要他立刻回署裡。

方正擺脫了淑蘋的糾纏之後，回到了自己位於署裡的辦公室。

警政署在成立「白方正特別行動小組」的同時，也打造了這間辦公室。

方正的辦公室氣派豪華，一點也不輸給署長辦公室，甚至比各分局的局長辦公室都還要高級許多。

方正的存在對警政署來說，是個不足為外人道的祕密。

對警界來說，方正是張王牌，是張可以逆轉一切的王牌。

只要有任何可能損害警界形象的案件，署長就會毫不猶豫下令方正出動。

然而一旦方正解決案件之後，功勳以及媒體關注的焦點就交給各轄區的長官們共享。

方正對這樣的安排一點意見也沒有，畢竟他一點也不想要因為這樣沾上什麼光環。

只有他自己知道，這些東西根本就不踏實。

因為自己是靠著取巧的方法來得到這一切的，所以他本著初衷，只要讓正義得以伸張，這樣就夠了。

方正才剛進辦公室，裡面苦等多時的阿宏立刻站了起來。

「學長。」阿宏臉上帶著一點驕傲：「署長有命令，我們『方正特別行動小組』要出動了！」

「阿宏啊。」

「啊？」

方正一臉無奈地說：「可不可以不要再用這個名稱了？」

「什麼？」阿宏想了一下：「喔，你說『方正特別行動小組』嗎？」

「嗯，聽起來非常彆扭。」

「啊？」

阿宏一臉不解，他不懂這有什麼好彆扭的，對阿宏而言，能夠加入這個小組不知道有多驕傲呢？

「這次的案件是什麼呢？」

「喔，對。」阿宏看了一下自己的手冊：「這次的案件是宗疑似連續誘拐的特別案件。」

「誘拐？綁架嗎？」

「不，案件裡面沒有牽扯到贖金的部分……」阿宏看著本子：「這幾個禮拜在西區分局的轄區中，已經連續發生了多起孩童失蹤事件，但是沒有任何的家屬接到歹徒的電話，也沒有任何人知道歹徒的目的到底是什麼。」

「人蛇集團？」

「可能，但是也沒有任何線索指向那個方向。」

「嗯。」

「這次的案件是分局長特別向本署求援。署長在衡量之後，決定讓學長出馬，解決這次的案件。希望學長可以在短時間之內，找到這些失蹤的孩童。」

「唔。」

方正一聽，臉有點綠了，畢竟這些日子以來，方正幾乎都在處理命案一類的刑事案件。

透過任凡的靈藥，方正可以聽得到、看得見那些鬼魂申冤，自然可以快速又確實地解決案件。

但是失蹤的案件，他根本不知道該怎麼利用這種「見鬼」的優勢。

這下真的弄巧成拙了！

壓根兒不知道該從何下手的方正，整個人心都慌了。

「跟往常一樣，局長已經說好了。」完全沒有注意到方正臉色已經變綠的阿宏，繼續向方正報告：「這次，我們可以動用任何一位分局裡的同仁，只要能盡速破案就好。」

回想起剛剛到署長辦公室聽取簡報的時候，分局長緊張又惶恐的模樣，阿宏心裡覺得很好笑。

既然已經決定要方正出動了，這等於代表著案件已經解決了，相信這又會是另一段動人的「白方正傳奇故事」。

有別於阿宏的信心滿滿，方正已經在腦海裡面想著，該為這次失敗的任務找尋什麼樣的藉口。

第2章·鬼幫手

1

如果說老奶奶的失蹤小孫女，真的被困在一個思念無法到達的地方，那麼很可能跟先前幾次的經驗一樣，被某人或某鬼囚困於某個地方。

這樣一來，案件的牽扯可能很大，範圍也很廣。

一般來說，任凡對這樣的案件多半選擇迴避居多，除非對方的報酬很誘人。

偏偏老奶奶這次以現金為報酬，而交付現金的方法則是託夢給家人。

遇上付現金的案件，任凡一向都堅持先付費、後服務的原則。

所以一直到第三天，老奶奶的家屬真的把放有約定金額的現金皮箱，投入任凡特別設置在其中一棟廢棄大樓一樓的大型信箱中，任凡才開始著手進行調查。

既然已經收到了酬勞，只要不違背原則，任凡就會盡可能去完成。

從任凡執業的這幾年以來，人們的信仰正在逐漸凋零。

人們愈來愈不信鬼神，當然更不用說託夢之類的事情，多少人醒來之後，會把夢當成自己的思念所造成的結果。

所以任凡對於這種收費方式自然都是先付費為主。

想不到現在科技掛帥的年代，還有人會遵循託夢的內容，將錢拿來放在一棟廢棄大樓之中。老奶奶死後變成了牽掛著家人的藍靈，而痛失愛女的夫妻倆又篤信託夢的內容，不知道為什麼，任凡覺得這一家人彷彿還活在過去的年代，也因此找尋孫女的責任感也逐漸萌芽。

不管怎樣都要把她的小孫女給找出來。

任凡向各方放出了消息，非要找到小孫女不可。

這個原本無人聞問的小女孩，一夜之間成為黃泉界無鬼不知、無鬼不曉的重要懸賞人物。只要能夠提供情報，就能受到這個黃泉界頗負盛名的黃泉委託人青睞，飢餓許久的流浪鬼也能因此飽餐一頓不說，運氣好一點的話，說不定可以住進他那宛如人間仙境的廢棄空地中。

許多鬼魂卯足了全勁去調查，這是老奶奶一開始委託時所始料未及的。

相對於任凡如此高調的找尋變成了鬼魂的小女孩，方正這邊卻是一無所獲。

那些小孩就好像人間蒸發一樣，毫無任何蛛絲馬跡可尋。

這附近方圓五里的街道，所有的監視器畫面都沒有拍到這些小孩的蹤影。

「按照收集來的線索來看，失蹤的小孩都是同一所學校的。」

那是位於該區一所相當出名的小學，雖然不是什麼明星小學，但是創校多年，早就已經成為該地區人人都聽過的學校。

這幾天幾乎所有分局的警員都對那所小學展開調查，但是過濾掉曾經跟學校有過爭執的人員，再調查了許許多多老師之後，完全沒有任何關於那些小孩的線索。

簡單來說，就是一切正常，除了有幾個小朋友失蹤之外。

失蹤的小朋友分布在各個年級的各個班，除了就讀同一所小學之外，經過交叉比對的結果，並沒有發現有其他共同之處。

如果這真的是一起綁架或者是人蛇集團所為的案件，不太可能這樣毫無線索可尋，尤其當這些被誘拐的小朋友們都集中在同一所學校時，如果沒有內應根本不可能做到。

於是就在大家逐一清查所有教職員的同時，方正決定將目標轉移到目擊者上面。

他開始挨家挨戶拿著小朋友們的照片詢問，眼看著一天過了一天，仍然絲毫沒有半點線索。

雖然沒有說出口，但是對於方正這種土法煉鋼、毫無章法的辦案技巧，讓一向崇拜方正的阿宏有點失望。

本來還以為學長會用一些出人意外的方法，誰知道卻只是跟最基層的員警一樣，找尋目擊者。

「等等那條巷子就交給你了，」方正交代阿宏：「我去對面的公園那邊問問看。」

「喔。」阿宏有氣無力地回答。

兩人分頭行動，一走入公園旁邊的巷子，方正沉重地嘆了一口氣。

看樣子自己的名聲應該就會毀在這件案子了。

想起這兩三天，結束漫長的工作之後，回到分局時所有人都圍過來滿懷期待、卻又失望地離開的表情。

公園附近的巷弄狹窄又古老，被平房與公寓建築夾在中間，沒什麼路燈，可以想見當夜色漸暗之後，這裡會有多恐怖。

即便是早上，這條巷子在兩旁高聳的建築物遮蔽之下，仍顯得昏暗潮濕。這種地方，小朋友應該不太可能會來吧？

對許多的人來說，小時候總有這種記憶，總有一條回家的路，讓自己心生恐懼。不知道對這些失蹤的小朋友來說，這裡會不會就是一條離家近、卻又有點恐怖的路。

昏暗的街頭讓戴著太陽眼鏡的方正有點看不清楚。

現在是日正當空的時間，就算出現了什麼鬼，大白天的也不可能囂張到哪裡去吧？時值夏日，在溫室效應的催化之下，天氣熱得讓人發慌，加上這幾天一無所獲，讓方正的整顆心都浮躁了起來。

就算現在有什麼鬼出現，方正恐怕也會對他破口大罵。

方正索性拿下了太陽眼鏡與耳塞，讓自己舒緩一下燥熱的情緒。

他走入巷子裡面，兩邊的平房與隔壁的大樓形成強烈的對比。

兩邊的平房幾乎都是門戶洞開，路上的行人只要透過窗戶就可以窺視平房內的一切。

方正找了幾戶人家詢問。

「你們警方要問幾次啊？」其中一位太太不耐煩地說：「找不到人就來騷擾民眾，這樣對嗎？」

面對這種態度，方正也只能道歉離開。

一連遇到了幾戶人家都是如此，看樣子這附近的居民已經被這些狗急跳牆的員警詢問到膩了。

方正拉開衣領，讓胸口透透氣。

「嘿嘿嘿嘿——」

一陣讓方正心寒到骨子裡的笑聲就這樣從左耳傳了過來。

這比一陣舒爽的涼風還要更加透心涼。

方正緩緩的將頭轉過去，在平房之間、陰暗的夾縫裡面，兩個身影就蹲在那裡。

「這些笨蛋條子又在到處問了。」

「可憐啊，他們找一輩子也找不到。」

兩人說完，又是一陣竊笑。

想不到這次事件的目擊者竟然是鬼，這讓方正憂喜參半。

可是這或許是目前為止最為重要的線索。

方正調節一下自己的呼吸，然後緩緩靠近防火巷。

一看到方正靠過來，兩隻蹲在防火巷裡面的鬼也跟著緊張了起來。

方正一看，他們就好像街友一樣，蹲在這條防火巷裡面。

「你們。」方正吞了口口水：「有看到嗎？」

兩人驚訝地互看一眼，似乎很難想像不但有人看得到他們，還能跟他們如此若無其事的說話。

其中一個鬼魂正打算說話，但是旋即被另外一隻鬼給阻止了。

看到兩隻鬼魂的舉動，方正更加確定他們看見了什麼。

「快說！」方正心急：「告訴我，到底是誰把這些小孩子抓走的？」

兩鬼似乎有點被嚇到了，稍稍往裡面退了幾步。

看到對方這樣，任凡的身影瞬間浮現在方正心中。

如果這時候任凡在這裡他會怎麼做呢？

方正心想，可是一想到任凡，就會聯想到他死要錢的個性。

對了！賄賂！

「只要你們老實告訴我，」方正說：「我立刻找人在這邊祭拜，燒錢跟食物給你們。」

果然兩隻鬼一聽，互相看了看對方，眼神全都亮了。

「我要吃全雞！」

「我要一隻豬公！」

兩鬼立刻提出要求。

「沒問題！」

方正一口答應，只要是可以找到那些失蹤的小孩，就算給他們一卡車的雞或豬都沒問題。

「快說！」

兩鬼考慮了一下之後，前面的那隻鬼靜靜地舉起手來，指著方正的身後。

方正轉過頭去，朝那鬼指的方向看過去。

那裡除了公園之外，越過公園就是那間失蹤學童們就讀的學校。

「那間小學？」

兩鬼點了點頭。

「那到底是誰？你們有看見嗎？」

「是一個女人。」另外一隻鬼說：「不過她很凶，所以我們也不敢對她怎麼樣。」

「你是說，有隻女鬼把那些小朋友抓到學校裡面？」

他們點了點頭。

這可完全出乎方正意料之外，想不到這次案件不但跟鬼扯上關係，連嫌犯都是個女鬼。

2

被鬼帶到學校裡面？

這下子該如何是好？

在交代阿宏去那條防火巷祭拜的事宜之後，方正站在校門口，卻遲遲不知道該如何著手。

方正第一個想到的當然是任凡，只是他還想不到該如何跟任凡開口。

想到自己前幾天才為了淑蘋的事情把他罵到臭頭，雖然他一副滿不在乎的模樣，但是現在自己如果真有事情求他，那傢伙一定會趁機回敬自己一頓。

不知道該如何是好的方正，呆站在校門口苦惱。

這幾天，因為學校接連發生學生失蹤的案件，趁放學的時間，警方已經對學校進行了多次搜索，卻一無所獲。

就在方正苦惱的時候，熟悉的聲音從後面傳了過來。

「你在這裡幹什麼？」

剎那間，方正還以為這熟悉的聲音是從自己腦袋裡面發出來的。

「你中邪了嗎？」那聲音諷刺地問：「一個人杵在這裡發呆？」

方正一回頭，果然看到了任凡。

「你來這裡幹什麼？」方正一臉訝異。

「這裡很特殊嗎？」任凡看了一下四周：「我到哪裡還要跟你報告嗎？」

方正給了任凡一眼死魚眼。

「來這裡當然是有事情啦，我又跟你不一樣，可以沒事杵在這裡發呆。」

「喔？什麼事情？」方正一臉好奇。

「我接了一個委託，要我尋找一個失蹤的鬼小孩。」任凡面無表情地說：「我接到線報，有個女鬼把她抓到這裡面去了。」

老天爺真的有睜開眼睛在看！

聽到任凡這麼說，方正簡直快要感動到流淚了，兩隻眼睛水汪汪地瞪著任凡。

「老實說，我這邊也接到了一件尋找失蹤小孩的任務，最後我得到的結果跟你一樣。」

「你的意思是那女鬼不只抓死的，也抓活的？」

方正用力點了點頭，一對水汪汪的眼睛仍然盯著任凡。

任凡白了方正一眼，冷冷地問：「你為什麼這樣看我？」

「既然我們兩個人都是接到相同的案件，那你就順便……」

「順便什麼？我的委託是救鬼小孩，其他的我一概不管。難道，你現在想要委託我嗎？」

「你想跟我要錢嗎？」方正白了任凡一眼。

「哈！想太多，我不接活人的生意，如果想要委託我，嘿嘿。」任凡乾笑了兩聲，然後正色比了比馬路說：「去撞車弄死你自己囉。」

「你！」

「嘿，別緊張。」任凡拍了拍方正的肩膀，旋即說道：「雖然我是認真的！」

方正甩掉任凡的手，用手指著任凡，卻說不出半點話來。

「我真的不接活人委託。」任凡聳了聳肩，無奈地說：「這是原則啊。你如果真的想要救那些小孩，就跟我一起進去吧。」

「說到底就是要我陪你進去就是了？」

「別想太多，我也不想要你陪。不過，這可不是開玩笑的。我能不能救出那些鬼小孩都還不確定了，更何況是活的。」

方正看著任凡，從臉色看來，任凡並不是開玩笑的，雖然說方正根本無法從外表猜出任凡心裡在想什麼。

考慮了一會兒之後，方正緩緩點了點頭說：「好，那我就跟你一起進去，你救你的鬼小孩，我救我的活小孩。」

「話說回來，現在不是應該在放暑假嗎？」任凡一臉不解地看著學校。

「喔。」方正解釋：「因為全運會的關係，所以學校提前開學了。」

原本還以為學校在放暑假，事情應該會比較好解決，看樣子比較保險的做法，還是等學生都放學之後再來調查會好一點。

「好！既然要合作，那就分工吧。」

「分什麼工？」

「你去調查一下，最近這幾年有沒有人死在這間學校裡面，我相信你們警局一定會有紀錄。」

「喔。」方正點了點頭：「那你要幹嘛？」

「準備、準備啊。」任凡理所當然地說：「你查出他是誰，我來想辦法怎麼對付他，不然你想要交換嗎？」

「不要！」方正用力搖了搖頭。

「那就對啦，快點吧。」任凡不耐煩地揮了揮手，趕走方正。

方正愣愣地回到車上，發動車子，一把火才冒上來。

可惡！不了解人世間為什麼會有那麼詭異的事情。

在警界，不，只要不在任凡身邊，現在的方正是個人人敬佩、地位崇高的高階警官。

但是一到任凡身邊，自己卻老是有如他的小弟般，被他使喚來使喚去，在他面前彷彿注定一輩子抬不起頭。

不過想想這好像是理所當然的結果，比如：被鬼嚇到昏倒在地上、全身赤裸抹著泥巴被鬼調戲、光著屁股追鬼，這類糗事。

這些人生中最糗、最窘的情況都被任凡看到了。

還有什麼辦法呢？

「唉。」方正嘆了口沉重的氣。

3

「這個女人叫做程慧芳，以前是這間學校的代課老師。」

情況真的跟任凡所預料的一樣，這起案件大約發生在一年多前，這是方正短暫回到局裡之後所調出來的資料。

「大約一年多前在這間學校西側校舍三樓的一間教室裡面，她上吊自殺。承辦的員警在這邊有紀錄，當時還在放暑假，所以發現者是該校留守的校警。在自殺的現場裡面留有遺書，寫著自己因為無法繼續擔任教師，被該校解除了代課職務，所以憤恨自盡。」

「就只因為不能在這間學校當老師？」任凡懷疑。

「不是『這間』學校，是所有的學校。」

「嗯？」

「在遺書上面有提到，因為學校好像醜化了她，聯合其他學校封殺她，所以到哪裡都無法接到代課職缺。」

「換句話說，是對這間學校的報復性自殺囉？」

「是可以這麼說啦，不過你也知道，既然現場完整，又有遺書做佐證，我們警方是不會插手到那個部分去。」

「你剛剛說是上吊自殺，那麼那條上吊用的繩子，還在你們警方那邊嗎？」

「沒有。」方正搖了搖頭。

「嗯。」

任凡拿起資料，翻了一下，看到當時員警為了存證所拍下的幾張照片。

其中一張是一個女人無力地垂吊在教室中央，另外一張甚至有女人臉部的恐怖特寫。

上吊所產生的獨特面容任凡一點也不陌生，畢竟在遊蕩於人間的鬼魂之中，有太多因為法力與技巧不夠，仍然維持死亡狀態的鬼魂。

像這種上吊而死，維持著上吊時候凸眼吐舌的鬼魂，到處可見。

任凡看著照片陷入沉思。

一股希望繼續擔任教師的執著？

雖然任凡不認為事情有那麼簡單，但可以想見這次的對手會是什麼樣的惡靈了。

紅靈，代表執著。

自殺的鬼魂，十之八九都是紅靈，雖然自殺的人很多都含有怨恨，但是真正結束自己生命的，卻還是自己，也有極少的例子死後成為黑靈。

既然知道對手可能是紅靈，那就必須準備一下了。

「我們今晚進去救人。」

「耶？」方正訝異：「為什麼不是現在？既然都已經知道抓走小孩的人是誰，就應該快點進去救人啊。」

「救？怎麼救？」任凡一臉狐疑：「進去跟她說，親愛的程小姐，麻煩您把小孩還給我們嗎？」

「可以嗎？」方正一臉喜悅。

「可以啊，你去試試看啊。」

「不行你可以直說。」方正白了任凡一眼：「不需要這麼諷刺我。」

「沒，我不是諷刺你，問題是你怎麼跟她說？」任凡比了比學校：「現在學生們都在學校上課，如果真的走進去就遇得到她的話，學校裡總會有些靈異傳說吧，怎麼都沒人感覺到呢？」

「那到底是怎麼一回事嘛？」

「你是要我在這邊解釋給你聽，還是趕快去準備？」

被任凡這麼一說，方正斜起了嘴，盤手於胸前點了點頭。

「那我們就先在這邊分開，四點的時候在這邊集合，好嗎？」

「好，我能說不好嗎？」方正聳了聳肩。

兩人約定好了時間之後，方正開著車子準備回去局裡休息一會兒，等待約定時間的到來。

4

將方正打發走，任凡找來了小憐，吩咐她一些事情之後，就在學校附近閒晃，觀察一下學校的地形。

任凡看著校園外牆，低頭沉思的時候，一個聲音從後面傳來。

「你找我嗎？」

任凡回頭，一個身穿不合時宜功夫裝的男子就站在身後。

「好久不見了，黃泉委託人。」男人摸著自己臉上那兩撇小鬍子，微笑著說。

「好久不見了，廖爺。」

「這次找我來有什麼事情？」

「當然是想借用一下廖爺您的專長，找個東西。」

「喔？」

廖爺用手指揉了揉鼻子，挑起了眉毛。

在陽世間，廖爺有著相當響亮的名號，但是在黃泉界，他還只算是個剛滿百年的新鬼，正準備好好闖出一番名號。

在過去的一次委託當中，任凡與廖爺認識了彼此，自此之後任凡只要有任何要尋找的東西，都會拜託廖爺。

對廖爺來說，可以幫助黃泉委託人，正是他打響自己招牌的最佳機會。

「你放心，包在我身上。」廖爺拍了拍胸脯：「普天之下沒有任何東西可以逃過我的眼睛與鼻子！」

任凡拿出那幾張方正交給他的程慧芳上吊時的照片給廖爺看。

「哎呀，可惜了，年紀輕輕就這樣死了。」

「廖爺您死的時候好像也沒多老。」

「我不一樣，她是自己不想活的，我是被人暗算的。」廖爺臉色驟變：「而且還是被自己的好友暗算的。」

「行了。」任凡苦笑：「幾乎全台灣人都知道你是被好友暗算的。」

「嘿嘿。」廖爺得意地笑著。

「這次要託你找的東西，就是那女人上吊用的那條繩子。」

「喔？」

「如果我的推測沒錯，那條繩子應該還在這間學校裡面。」

廖爺端詳了一下照片，然後轉身輕輕一躍，跳進了圍牆內。

任凡在牆外等著，在腦海裡面盤算著要如何解決這次的委託。

過沒多久，廖爺輕輕地從圍牆裡面翻了出來，手上握著那條繩索。

「應該就是它了！」廖爺充滿自信。

任凡從廖爺手中接過那條繩索，仔細看了一下，那是一條毫不起眼的麻花繩，繩索因為長年的使用，有點脫落的痕跡。

「確定是這條？」

「嗯，我非常肯定，我甚至還聞得到它上面的屍臭味。」

任凡點了點頭。

「謝了，廖爺。」

「三八啦，跟我客氣什麼？」廖爺豪爽地說：「過幾個月就是我百年祭，到時候你可要記得來喔！」

「當然，這有什麼問題。」

「哈哈哈哈，那就這麼說定囉，我要先放點風聲出去，說『黃泉委託人』也會大駕光臨，到時候可別給我漏氣嘿。」

「我一定準時到。」

廖爺聽了，又是豪爽的一陣大笑，然後身影與笑聲逐漸消失在風中。

5

與廖爺分別之後，任凡駕著車來到熟悉的山路上。

遠處一間平房就這樣坐落在遠離塵囂的山間小路旁。

一聽到車子駛近的聲音，一名老婦人從平房裡面走了出來。

「乾媽。」任凡向撚婆打了聲招呼。

撚婆看了看車子，沒有看到其他人，一臉狐疑地問：「怎麼這次那位高個子、膽子小的跟班沒有一起來？」

「他不是我的跟班。」

「我知道。」撚婆揮了揮手。

撚婆怎麼會不知道呢？

就是因為卜卦到「白方正的出現」，她才能夠徹底退休，不再過問任凡的工作。

人各有命，撚婆自然安天命，但是她並沒有把這樣卜卦的結果告訴任凡。

從小任凡的命就非常不平凡，不是剋死自己，就是剋死身邊的所有人。

說來也實在是諷刺，當初在習法的時候，撚婆必須在「貧孤絕」三者之中選擇一樣，當作學習法術的代價。

選擇了「孤」的撚婆，注定孤老終生，想不到有了一個乾兒子，卻也跟她一樣，注定要孤老終生。

她是為了法術犧牲，然而任凡卻是天生注定。

如果不是小碧、小憐的出現，任凡的人生肯定是孤獨終生。

當年就是因為告訴過任凡，而他知道了自己的命運之後，便斷絕了與其他活人的關係，其中也包括了一段讓任凡永遠心碎的感情。

這也是間接導致任凡會成為黃泉委託人的原因。

所以這次撚婆並沒有把這件事情告訴任凡，她不希望自己的一句話又再度影響任凡的人生。

「你這次又接到什麼 Case 啦？」

「我……」任凡咬著下唇，猶豫了一會才說：「我來拿包包的。」

一聽到任凡這麼說，撚婆整個臉垮了下來。

「你應該不會又白目到去招惹了黑靈？」

「不是。」任凡搖了搖頭說：「對方應該是個紅靈。只是這次不只關係到黃泉的委託，就連陽間都有許多小孩失蹤了。我想那個傢伙只要是小孩都抓，根本不管什麼天理循環的。」

「嗯。」撚婆招了招手：「先進屋去吧，進屋說給乾媽聽。」

兩人進屋之後，任凡把這次的事件始末告訴了撚婆。

「人在死的時候，擁有多少靈氣，會決定她身為鬼的法力。這次的事情我覺得並不單純，因為照你這麼說，她是死後一年多才開始抓這些小孩。」撚婆皺著眉頭說：「事情演變成這樣，應該是因為那個學校本身原本就很陰，再加上發生了什麼事情，增加了她的怨恨，才會讓她擁有這樣的法力。」

任凡點了點頭，突然，撚婆掐指算了一下。

「不妙！今晚就是鬼門開，一旦鬼門開了，那些鬼小孩可能會被拖到下面去，這還不打緊，就連那些活小孩……」

「嗯，所以要行動就要趁今晚。」

「既然是這樣，嘿嘿，那就我跟你一起去吧！」

「不好吧。」任凡皺著眉頭：「妳已經退休了，這件事情交給我就行了。」

「不行！」撚婆嚴肅地說：「鬼門要是一開，就連你都可能被抓到下面去，你的法力不夠，她不是你能對付得了的。」

任凡深知撚婆的個性，一旦撚婆決定出馬，什麼事情都攔不住她，所以任凡不發一語、點了點頭。

撚婆說完之後，很高興的進房間準備換衣服。

任凡一等撚婆進到了房間，便快速地從神壇下面拉出一只箱子。

箱子裡面裝著兩個包包，任凡將其中一個包包拿出來，並且打開來檢查一下之後，將包包揹上，匆匆忙忙地跑了出去。

一進房門才剛脫下衣服，外面就傳來任凡慌忙的腳步聲，這時才發現自己上了當的撚婆，急急忙忙穿上衣服走了出去，只看見任凡車子所捲起的塵埃。

當初騙任凡自己的身體已經老化，不能再這樣陪任凡去抓鬼，想不到任凡其實更不希望自己隨著他去冒險。

事到如今也沒辦法啦。

只有相信自己幫任凡卜算過的卦象，也只能期待白方正真的就是那個卦中的貴人，能夠幫助任凡化險為夷。

撚婆一個人獨立在門前，望著任凡的車子消失在一片森林之中。

第3章．踏入險境

1

約定的時間還沒到，心急如焚的方正就已經在學校附近踱步。

過了一陣子才看到任凡姍姍來遲，可是想不到任凡卻半天沒有動作。

原本還以為任凡在等學生們放學離開，誰知道好不容易等到了學生都離校了，任凡卻依舊沒有半點動作。

方正很著急，對他來說，這些學生如果生龍活虎的，時間將是最重要的關鍵，可是任凡卻只是悠哉的在圍牆邊閒晃，半點都不緊張。

「我說，你現在到底在幹嘛？」

「我在等人。」

「等人？不是都已經確定那些小孩被抓到裡面了嗎？該準備的也都準備好了，那還不快點進去救人？」

「進去？」任凡挑眉回答：「怎麼進去？如果從大門進去就可以了，那麼不知道有多少人都進去了，怎麼沒見鬼？」

「那到底該怎麼進去？」

「我也不知道啊。」任凡聳了聳肩：「所以我等知道的人來啊。對了，你等等可別給我亂說話，他可是跟你未婚妻一樣的紅靈。」

「什麼未婚妻！唔，什麼是紅靈？」

任凡搖了搖頭說道：「我先前不是跟你說過了嗎？你點那個靈晶，只是提升自己的陰氣，讓自己可以確實地聽到與看到鬼。然而終究不是天生的，所以你看不到靈魂本身所顯露的顏色。」

「我到底問了什麼？我是問你什麼是『紅靈』。」

「我不是正在解釋嗎？像我們常說的黑靈，是因為充滿了怨恨，所以呈現的是黑色。而紅靈呢，就是對人世間有所執著。相較之下，比起黑靈，他們比較有道理可循，還算可以溝通。不過，如果你踏到了紅靈的禁忌，換句話說，如果你觸犯了紅靈在人世間的執著關鍵，紅靈可能跟黑靈一樣恐怖。」

「等等。」方正用手阻止了任凡，然後緩緩抬起頭來，臉色蒙上一層死灰：「你說，淑蘋也是紅靈？」

「是啊，我剛剛不是這麼說嗎？」任凡若無其事地回答。

「那、那她的執著是什麼？」

任凡沒有回答，只是似笑非笑的看著方正。

那眼神就好像被一支冰製的錐子，直直刺進心裡，讓方正不只心裡發寒，就連渾身都感覺到一股寒氣直竄腦門，中止了他的呼吸。

「跟我結婚就是她在人世間的執著？」

任凡緩緩地點了點頭。

「別開玩笑了！」

「我才不會跟紅靈開玩笑，這可是會出人命的。」

方正用手抓著頭，一臉痛苦地問：「說到人世間的執著，難道都不能化解嗎？」

「理論上可以。」任凡聳了聳肩說：「連黑靈都可以化解了，當然也可以化解紅靈。」

方正一聽整個喜上眉梢。

「不過實際上我沒見過，所以你可以抱持著一丁點的希望，但是最好別太多。尤其是這種對感情的執著，我還真沒見過化解得開的。」

任凡一席話，很快又把方正從天堂打回地獄。

「那我不等於是老媽死了兄弟，沒救了？」

「嗯！」任凡回答得直截了當。

「嗯什麼嗯！」方正大怒：「我們現在說的可是我的終身大事耶！誰會像你一樣去娶兩個鬼當老婆啊！」

「有什麼不好嗎？」

「當然不好！」方正整個抓狂：「開什麼玩笑！那傳宗接代怎麼辦？那我的幸福怎麼辦？那我的人生怎麼辦？」

「總是會有辦法的嘛。」任凡搖搖頭說道：「我個人會比較建議你好好對待淑蘋，然後求她首肯讓你在人世間娶個小的。這樣不就皆大歡喜了？」

「開什麼玩笑！追個老婆對我來說就已經非常困難了，現在還要人家接受當小的，有個鬼新娘當大的！誰肯啊？這下，不就真的只有鬼願意嫁給我了？」

「你！」

任凡白了方正一眼回道：「是啊。鬼願意嫁，你又不願娶。真是麻煩耶你！」

方正感覺腦袋就快要被任凡給氣炸了，可是一想到自己的幸福可能就這樣葬送在一隻女鬼手中，整個人就像洩了氣的氣球般，無力地靠在牆上。

「嘖、嘖、嘖、嘖。」

一個聲音從後面傳來，兩人回過頭去，看到小憐的身旁帶著一個男子。

那男人身穿道士服裝，臉上還留著兩道長長的鬍鬚。

「這裡。」男子右手比了劍指，搖頭指向學校：「不妙啊！」

「半仙，麻煩你了。」

「不會，你接到的 Case 該不會就是在裡面的吧？」

任凡點了點頭。

「黃泉委託人，我勸你三思啊！這裡有一扇鬼門你忘記了嗎？」

任凡聽到半仙這麼說，恍然大悟說道：「原來如此！」

這下雖然解釋了為什麼這個叫做程慧芳的女老師，會在死後好一陣子才產生了如此強大的怨恨，但是也讓情況更加困難了。

鬼門一開，那些長期被關在地獄的惡鬼剛出關時會特別凶殘，就算是在黃泉界負有盛名的任凡，在這個地方恐怕也凶多吉少。

「我記得一兩年前，關上這扇鬼門的就是你啊。」看見任凡在沉思，還以為他在回想這個地方的什麼事情。

半仙一邊提醒任凡：「你都沒有印象了嗎？」

「我每年關那麼多鬼門，最好我可以一個一個都記得。」

「鬼門關前有此象。」半仙玩弄著自己的鬍鬚說道：「此地必有人喪！我勸你還是推掉這個Case比較好。」

「我已經收了人家的錢，不可能退了。」

這時鬼半仙突然注意到旁邊的方正，看他好像在聽自己說話，打量了一下他。

「他是你朋友啊？」

任凡轉過去看了方正一眼，然後一臉不甘願地點了點頭。

「你好，我是白方正，叫我方正就可以了。」

方正禮貌地自我介紹。

「嗯！」

半仙用力地點了點頭，任凡卻是無奈的搖了搖頭，因為他知道半仙最喜歡做的事情就是自我介紹了。

半仙清了清嗓子，毫不斷氣地介紹自己說：「我就是那位生前人稱『清朝開國御用』的大國師。不但準確算出清朝過不了四百年，還幫清世祖建造風水祖墳，讓清朝出了個清聖祖的玄學大師。死後被人尊稱為『鬼半仙』，你叫我半仙就可以了！」

「啊？半仙？」

方正心想，這是什麼不倫不類的稱呼，都已經成鬼了還叫自己半仙。

「你們兩個介紹完了沒？」任凡強忍著性子：「該談談正事了吧？」

「喔，對。」方正回過神來：「我們現在是想要知道，該怎麼進去這裡面。」

「只要有空間就有風水，風水講的就是氣。在空間之中，陽氣最旺的地方就是生門，陰氣最旺的地方就是死門。氣會隨著天干地支移動，所以生門與死門的位置也會跟著移動。」半仙毫不喘氣地說：「當一個地方的陰氣過盛，再加上一定程度的怨氣，就會產生出這樣的異度空間。最常見的這種空間就是俗稱的鬼打牆。一旦活人被捲入這種空間裡面，很可能永遠都被困在那個空間裡面。如果想要從那個空間脫出，就必須從那個空間中陽氣最旺盛的生門才能逃得出來。相對的，對那些原本就屬陰的孤魂野鬼來說，必須從陰氣最旺盛的死門才能逃得出來。」

「行了，不用幫我們上課，找你來就是相信你的專業，你直接告訴我們從哪裡進、哪裡出就得了。」

一聽到任凡說到相信你的專業，半仙整個人都樂了。

「沒問題！我現在立刻幫你們算出來，這個地方的生門與死門！」

半仙立刻拿出羅經盤，對著方位掐指算著，然後揮了揮手要任凡等人跟著他。

眾人在鬼半仙的帶領之下，繞過了正門，來到了學校的東側圍牆邊。

「就是這裡。」半仙指了指圍牆。「你們現在要進出，就從這裡進去，出來的話要看你們花了多少時間，如果超過一個時辰，就要順鐘轉一卦，現在的生門是正東方，如果你們在裡面待了超過兩個小時，生門就會在東南方，以此類推。」

「那死門呢？」

「生死兩相對，這裡是學校的正東，那麼學校的正西方就是死門，你如果要帶鬼出來，就要從對面的圍牆爬出來，不過那是給鬼走的，你可千萬不要一起爬。」

「嗯，這我知道。」

「黃泉委託人，你可千萬要記得啊。今晚就是鬼門開，一到了子時鬼門開前，不管你人救到了還是沒救到，都一定要出來。」半仙一臉擔憂地說：「開關三時辰，鬼門附近，生人勿近。這點，你應該最明白吧，黃泉委託人？」

「行了，我會盡快出來的。」

一旁的方正聽了鬼半仙的話，靠過去問道：「如果那時候靠近鬼門會怎麼樣？」

「輕則倒楣一年，斷隻胳臂瘸條腿。重的話嘛，嘿嘿。」半仙乾笑了兩聲：「人家出來你進去，以後就等每年的鬼月才能上來玩一玩。」

一聽半仙這麼說，方正的魂都去了一半。

「半仙，麻煩你帶著小憐，每個時辰照著方位，一個站在生門，一個站在死門，引導我們出來。」

2

兩人確定好裝備與位置之後，在半仙與小憐的注目之下，兩人爬過了學校的圍牆。

兩人翻過圍牆，方正才剛著地，馬上被先翻過來的任凡一手抓住，然後往牆邊一拖。

方正整個人就這樣撞上了圍牆。

「幹什……」

方正才剛說這兩個字，就被任凡摀住了嘴。

任凡手指著前方不遠處，方正看了過去。

一個沒有頭的人就站在那裡。

方正一看，兩隻眼睛睜得老大，嘴巴也發出聲音，如果不是任凡摀住他的嘴巴，恐怕他已經扯聲尖叫出來了吧。

那無頭人好像聽到了什麼，轉過身來。

這時方正才清楚的看到，他根本不是什麼無頭鬼，而是整個脖子的骨頭都斷裂了，一顆頭就這樣垂掛在胸口，難怪從後面看不到他的頭。

「放心，他看不到我們。」任凡輕聲地說：「注意不要發出任何聲音，我們從他身邊過去。」

可是這種辦法對方正來說，卻一點也無法放心，眼看著那傢伙就停在那裡，好像不想辦法從他旁邊過去也不行。

任凡走在前面，方正緊緊跟在後面。

方正屏住氣息，連呼吸都不敢發出聲音，緊緊跟著任凡。

就在兩人通過那斷頭鬼的身邊時，那斷頭鬼還轉動了一下身體，那顆掛在胸前的頭顱就這樣晃來晃去。

兩人繞過側門，回到了正對著校門口的川堂。

想不到連進入校舍都如此困難，就算這些小孩子真的都還在校舍裡面，方正此刻非常懷疑，就憑自己與任凡兩人，真的可以把他們救出去嗎？

兩人走入川堂，兩側幽黑冗長的走廊看起來就像是通往地獄的通道，而一間間空蕩蕩又黑漆漆的教室，看起來就好像隨時都會有什麼東西跑出來似的。

夜晚的學校與墓園沒什麼兩樣，早上如此熱鬧，晚上卻如此淒涼，強烈對比之下，給了學校夜晚更駭人的面紗。就連坐上平常熟悉的座位，都會覺得下面有什麼東西正蠢蠢欲動般駭人。

這種感覺對方正來說並不陌生，過去有一次留守日，看守拘留室的方正，面對著一間間空蕩的暗室，也常常遇到明明沒有人，卻老是看到有什麼身影在裡面晃動的情況。

「剛剛那個……」方正驚魂未定地問。

「這裡有鬼門，當然非常陰了。」任凡若無其事地說：「這裡現在一定有很多孤魂野鬼，因為朝陰的地方靠近是所有鬼魂的本性，不過只要小心一點，不要被他們發現就可以了。」

想不到除了那個女鬼之外，這裡還有許許多多的孤魂野鬼，讓方正對這次的任務更感到無力。

他回頭看了看大門，真希望自己可以就這樣離開這間恐怖的學校。

「我們分開來找吧。」任凡語氣平淡地說。

「分開？」方正驚訝地說：「你開玩笑的吧？」

「我們時間有限，要是鬼門一開，這些要進去的鬼魂還算事小，那些等待一年好不容易才解放出來的鬼魂才是事大。鬼門只要一開，我們就像一塊吊在虎口前面的肥肉，你想當人家的正餐還是飯後的甜點？」

「唔！」方正臉色發綠。

「就這樣吧，你去東側校舍搜，我去西側校舍搜。」任凡指了指右邊的走廊：「快去，你找到那些小孩的話，就回來這邊等我，不要自己輕舉妄動。」

這句話或許是任凡今晚講過最動聽的一句話了。

任凡說完，頭也不回地朝左邊的西側校舍走去，方正看著他的背影，直到任凡的身影被黑暗走廊吞沒。

3

方正被分配到的校舍東側大樓，一共有三個樓層，主要都是低、中年級的教室。

方正穿過一樓走廊，除了幾間教室裡有幾隻鬼魂在裡面遊蕩之外，並沒有看到任何活人的身影。

由於一樓的鬼魂都在教室裡面，對身在走廊的方正來說，只要低著頭躲過窗戶，就可以安全前進。

雖然十分恐懼，但是也算是有驚無險。

可是當方正走上樓梯，到了二樓走廊的時候，情況就沒有那麼順利了。

一個缺了頭的身影就這樣出現在走廊上。

方正屏住了呼吸，希望可以像早先那樣，從鬼的身邊溜過去。

方正一邊注意教室，一邊往前走，終於來到了鬼的後面。

方正加快腳步，注意不發出任何一點聲音，輕輕地從鬼的旁邊走了過去。

「行了！」方正心想。

可是卻在這個時候，身後卻傳來令人毛骨悚然的聲音。

「嘿嘿嘿嘿——」

笑聲彷彿定身咒般，定住了方正的身體。

「我看到你囉。」

方正的脖子就好像沒上機油的機器，卡卡地將頭轉過來。

只見那鬼的頭根本就跟圍牆邊的那隻不同，不是掛在胸前，而是被捧在手上，頭顱上那一對眼睛，正盯著方正看。

那鬼將頭朝頸子上一放，整個就這樣撲了過來。

過度驚嚇的方正，反射性地將拳頭朝面前一擋，這麼一擋，竟然就這樣把鬼的頭顱給打飛了。

想不到輕輕一碰就把他的頭給打飛掉了，看到這景象的方正，下巴也掉了下來。

「對、對不起喔。我無心的。」被那無頭的身體抓住的方正，心慌地道歉。

「我——要宰——了你！」頭顱一邊飛，一邊發出恐嚇的句子。

那個與頭分離的身體，放開了方正，朝著頭顱那邊一邊摸索、一邊靠了過去。

「等我撿起我的頭，你就死定了。」即使頭顱已經靠在牆角停了下來，仍然不忘撂下狠話。

方正見機想要逃跑，轉身逃了兩三步，突然停了下來。

方正看到那少了頭的身體正一步步朝頭顱過去，內心一橫，咬著牙快步走到頭顱旁邊，深吸一口氣之後，將頭顱給拿了起來。

「對不起囉。」方正一臉委屈到快要哭出來，對著那顆頭顱說：「我真的不想被你殺掉，所以請別怪我。」

「你、你想幹嘛呀！」頭顱的聲音充滿驚恐。

方正一咬牙，將腳用力向後一拉，對準窗戶之後猛力將那顆頭給踢了出去，就好像足球場上要傳球到前場的門將一樣。

「我不會放過……」

隨著頭顱飛了出去，頭顱的叫囂聲音也愈來愈小。

丟下對方的身體，方正頭也不回地朝走廊深處跑。

西邊校舍三樓。

黑暗的走廊只有一點月光透過外牆的鐵窗透射在走廊的地板上。

這裡與一、二樓都是教職員用的辦公室不同，是一整排給高年級學生使用的教室。

其中一間的教室門前，一堆鬼影在門口竄動。

他們會在這個地方聚集不是沒有原因的。

這裡對他們來說，可以說是間餐廳，就在這裡面，他們嗅出了死亡的味道。

換句話說，在最近的日子中，有人在這裡斷了氣。

他們吸食著殘留在空氣之中斷氣瞬間的氣息，來填飽他們飢餓已久的心靈。

這算是一種望梅止渴的心態。

對已經沒了身軀，也沒人祭拜，整天遊蕩人間，卻死也不肯下地獄去報到的這些餓鬼來說，哪怕是一點點血腥味，也可以讓他們飽餐一頓。

就在這個時候，有一股活人的氣息朝著他們而來。

有活人！

聞到了活人的味道讓這些飢餓已久的餓鬼們，產生了一股騷動。

所有鬼魂立刻張牙舞爪，紛紛看向走廊另一頭那個人影。

真的有活人！

一看到活人，在場的餓鬼們有如開跑的賽馬，爭先恐後的朝著那人撲了過去。

其中落後的是去年秋天才過世的新鬼，緊緊跟著前面這一群鬼潮往前衝。

想不到前面的鬼潮彷彿撞上了一堵牆似的，瞬間全部靜止不動。

來不及剎車的新鬼撞上了前面的餓鬼們。

怎麼回事？

新鬼還搞不清楚狀況，探頭朝前面一看。

只見男人就這樣站在眾鬼前面，那男人一臉不耐煩，挑眉凝視著眾鬼。

「嘖。」

那男人從側揹在腰際的袋子裡，掏出了一些東西，隨意的朝左右亂撒。

前面的那些鬼魂，竟然恭恭敬敬地朝兩旁散開，紛紛去撿那男人丟在地上的元寶蠟燭。

男人若無其事向前走，只剩下那隻新鬼丈二金剛摸不著頭腦，杵在原地。

他不了解為什麼其他鬼魂那麼配合，眼前不是有一個比這些祭品更好的活人嗎？

可是那男人顯然不把這群餓鬼放在眼裡，就這樣肆無忌憚的往前走過去。

那鬼猶豫了一下，正想朝男人撲過去時，男人突然轉頭瞪著他。

「你想幹嘛？」男人的眼神冰銳如刀，瞪到那餓鬼心裡發寒，動都不敢動。

男人瞄了一下新鬼，然後怒斥一聲：「滾！」

那可憐的新鬼就像受到驚嚇的貓咪，夾著尾巴衝回那群鬼旁邊，跟著大家一起吃男人丟在地上的元寶蠟燭。

「你瘋了啊？」旁邊的老鬼嘴巴塞滿了元寶蠟燭，津津有味地說：「那個男人就是『黃泉委託人』啊，你要是得罪了他，就算你有十條鬼命也死不起啊。」

新鬼一臉無辜，雖然沒見過本人，但是黃泉委託人響噹噹的大名早在自己死後第三天就聽過了，只是作夢也沒想到今天遇上了他，竟然會嚇到連魂魄都差點散了。

沒理會那些餓鬼，任凡走進了教室裡面。

這裡是那個女人上吊的教室，會引來這些餓鬼也是任凡預料之中的事情。

不過現在對任凡來說，最重要的問題就是該如何把她引進這間教室。

這些意外身亡、自我了結的鬼魂，最忌諱兩種東西，一就是讓他們斷氣死亡的物品，另外一個就是他們一命歸西的場所。

不管黑靈還是白靈，只要在這個場所被同樣的東西再殺死一次，魂魄就會被封印在該物品之中，永世不得脫出。

除非有人毀掉該物，否則他的魂魄將永遠被封存起來。

問題是，這次恰逢鬼門開，時間站在對方那邊，如果對方不肯踏進這間教室，只要等到鬼門開，不但人救不到，連任凡跟方正都在劫難逃。

任凡陷入沉思，思考著到底該如何佈下陷阱，讓那隻鬼魂進來，然後自己才能用那條廖爺找到的繩索，將她永遠封印在繩索裡面。

這時，遠處突然傳出一聲哀鳴，過了一會兒，從窗外傳來一陣憤怒的怒吼。

「我不會放過你的！」

聲音由遠而近從窗外衝了過來，任凡定睛一看，一顆頭顱竟然就這樣卡在窗台上。

任凡朝著窗戶看過去，這顆頭顱似乎是從對面的東側大樓飛過來的，果然在二樓左右的窗戶邊，看到了方正與那個失去頭顱的肉身。

「很有進步嘛。」任凡失笑。

記得兩人第一次見面的時候，方正還因為自己的老長官變成鬼前來拜訪，而被嚇暈過去。想不到現在竟然可以把鬼的頭拿來當成球踢。

任凡轉過來看著那顆頭顱，兩人四目相對，那顆頭顱愣了一下，然後「啊！」的一聲張大了嘴。

任凡將一張名片塞在他的嘴裡。

「是的，我就是黃泉委託人。」任凡冷冷地說：「如果想要找人幫你找回其他部分的身體，可以來委託我。」

那頭顱咬著名片，愣愣地望著任凡。

「不過，你得先想辦法付我酬勞才行。」

任凡說完，頭也不回地離開了教室，只留下那顆又疑惑又氣憤的頭顱。

4

將鬼頭踢走之後，方正好不容易搜完了二樓，繼續順著樓梯來到了三樓。

如果這裡都沒有的話，那麼只好回去川堂等任凡，看看他那邊有沒有什麼收穫。

原本這麼打算的方正，想不到搜完兩間教室，來到第三間教室的時候，立刻被眼前的景象給嚇傻了。

「各位同學——現在開始上課囉——」

昏暗的教室，不但坐著一個又一個雙眼失神的小朋友，其中也夾雜著許多鬼魂。

方正偷偷探頭一看。

天啊！這什麼老師啊！

只見站在教室最前面的老師，長長的舌頭從嘴巴旁無力地垂了下來，一直垂到了胸口。雙眼向外鼓出，彷彿隨時都會掉下來般。

方正摀住自己的嘴，才阻止自己喉頭發出的驚恐之聲，差點暴露自己的位置。

想不到就在這孤魂野鬼滿街跑，深夜無人的學校裡面，竟然真的有一間教室在上課。

更糟糕的是，在前面教書的那個恐怖老師，方正今天早上才見過她的照片。

她正是在這間學校上吊自殺的程慧芳，想不到死後一年多，竟然仍維持著她死時的模樣。

方正蹲著、躲在後門後面，遮住了自己的左眼，用看不見鬼的右眼再朝教室裡面一看，果然看到空蕩蕩的教室裡面，坐著五個小孩。

這五個小孩都是雙眼失神、一臉痴呆地看著前方。

方正放下遮住左眼的手，所有教室裡的鬼魂頓時浮現。

最靠近方正的小鬼吃驚地看著方正，並且用手指著方正。

方正抬起頭來，果然所有的鬼魂都朝自己看著。

方正心知不妙，站起身來正想要逃跑，猛然回頭，身後不知道何時站了一個人。

方正定睛一看，竟然是剛剛還在教室前面的程慧芳。

方正一驚，向後一跳，可是雙腿過度驚嚇到無力的他，像隻青蛙似地在空中蹬了一下，整個身體失去平衡，重重地摔了個狗吃屎。

這一摔，讓教室裡面的鬼學生們笑到人仰馬翻。

可是站在面前的程慧芳就沒有那麼幽默了，她的眼神冰冷如刀，眼白的部分整個翻紅，瞪視著方正。

這種鬼的反應，方正並不是第一次看見，他知道接下來她會怎麼做。

果然下一刻程慧芳一個晃動，瞬間就欺到了方正的跟前。

「哇啊！」方正放聲大叫。

程慧芳伸出手，準備掐住方正的脖子。

想不到才剛碰觸到方正的脖子，她立刻縮手，尖叫了一聲。

只見她突然跳開，整個人好像被電到一樣，縮著身子。

啪的一聲，又跳了一下。

這時方正朝著走廊深處看過去，任凡手上不知道拿著什麼東西，對準了她。

又驚又怒的她也轉過頭來瞪著任凡，任凡面無懼色，拉緊了手上的東西一放，啪的一聲把她打到臉都仰了起來。

當她將頭擺正，怒目看著任凡時，原本慘白的臉這時在額頭上面，有一處彈孔似的焦黑小洞。

就在方正還不知道到底怎麼回事的時候，任凡又卯起來狂射，把程慧芳打得哇哇叫，最後消失在走廊之中。

「還不站起來。」任凡冷冷地說。

一直到任凡走到了方正的身邊，方正才看清楚任凡手上拿的東西，竟然是一個彈弓。

「你竟然拿彈弓射她？」方正感覺到不可思議：「有沒有那麼幼稚啊！」

早知道彈弓可以拿來打鬼，方正說什麼也會帶個一打進來。

「咗，不然你要我用丟的嗎？」任凡伸出另外一隻手，裡面是一顆顆揉成小球的黃色球體：「我把這些符咒揉成小球，直接用彈弓射，不是更加方便嗎？」

教室裡那些鬼學生看到自己的鬼老師被這兩個人打得煙消雲散，都呆坐在位子上，不知道該如何是好。

任凡走進教室，冷冰冰地從右邊掃視過去。

「誰叫洪佳貞？」

一個小女孩一臉畏懼地緩緩抬起手來。

「妳奶奶要我來找妳的。」任凡微微一笑：「跟我來吧。」

佳貞點了點頭站了起來，走到任凡身邊。

另一邊的方正，把五名仍然活著的小孩集合起來。

「你帶好你的活小孩。」任凡轉頭向其餘仍愣在座位上的小鬼們說：「你們如果有人想要逃出這裡的話，就跟我一起走吧。」

此話一出，五個鬼小孩匆忙站了起來，走到了任凡身邊。

教室裡面還有幾名鬼小孩，冷冷地看著任凡，看樣子是不會跟任凡等人走的。

「走吧。」

不理會那些想要留下來的鬼小孩，任凡帶著其他人離開教室。

任凡手上拿著彈弓，走在前面領著大家，眼看著任凡就這麼經過了樓梯，不但沒有往下，還朝右轉，後面的方正追了上來。

「你為什麼走這邊，這條路不是走向生門的路吧？」方正質疑：「我們現在不是要想辦法逃出去嗎？」

任凡回過頭，面無表情地說：「從後面走？你問問看後面的那個女人願不願意讓你走吧。」

聽任凡這麼一說，方正回過頭去，凸眼吐舌的程慧芳就站在樓梯口，正準備朝這邊過來。

「她、她不是被你用彈弓射死了嗎？」

「我有這麼說過嗎？」

「我的媽啊！既然這樣，你怎麼走那麼慢啊！」

方正拖著五個小朋友加快腳步。

「進去前面那間教室！」任凡叫道。

方正毫不考慮地拉著五名小朋友進入教室，任凡也帶著六個鬼小孩進入教室。

「把他們都帶到教室後面去！」任凡命令方正：「不管發生什麼都不要離開教室！」

任凡把手伸進包包裡面，緊緊盯著窗外。

這時程慧芳已經奔到了門前，突然間停了下來，隔著門檻瞪著任凡。

「哇！」方正叫道：「她、她來了！」

可是程慧芳卻沒有衝進來，只是站在門口看。

看到程慧芳沒有進來，任凡皺了一下眉頭。

任凡冷笑對著程慧芳說：「怎麼啦？我們就在面前啊。怎麼不進來抓我們呢？」

程慧芳沒有回答，只是更加凶狠地瞪著任凡，但是那雙腳始終在門檻之外。

「妳進不來，對吧？」任凡笑著觀察程慧芳的反應：「對啦！因為這裡是妳上吊的地方。」

任凡一派悠閒，兩隻手都放在腰後，左右踱著步子。

「原本想要一死百了，卻想不到自己來到了死後的世界。因為地縛的關係被困在教室裡，每天看著這些學生。」任凡轉向程慧芳：「原因是，妳離不開這間學校，對吧？」

從程慧芳的表情可以清楚地知道，任凡所言不假。

「唉。」任凡笑著搖搖頭說：「妳根本不知道這塊地有多陰，所以無知的妳在這裡自殺，也同時被綁縛在這塊地上。只能眼睜睜的看著學生們在這裡上課，自己卻不能當老師，一定很像在傷口上撒鹽吧？所以妳才會愈來愈恨，對吧？」

「不是！」慧芳第一次出言反擊：「讓我痛恨的不是不能當老師，而是那些當老師的人！」

「喔？」

「這世界上的人有少懂得珍惜？為什麼那些已經為人師表的人都不想想，有多少人被他們擠在那道窄門以外？有多少人真心想要教育這些小孩，卻不被允許？可是他們呢？」程慧芳語氣憤慨：「有老師拿學生當出氣的工具，還有老師猥褻學生！這些尸位素餐的老師，這才是我的恨啊！」

方正聽到程慧芳的憤慨之詞，整個人心都軟了一半了，正想出言安慰她，誰知一旁的任凡卻仍然一臉不屑地說道：「那又如何？妳現在抓了這些活生生的小孩，來當妳的學生，妳又好到那裡去了？」

「這才叫做有教無類——！」程慧芳陰沉沉地笑著。「不管是人還是鬼，我都教！」

程慧芳看著在教室後面被方正帶走的小孩。

「你們兩個竟敢阻撓我！」程慧芳一臉怨恨地看著任凡與方正。「我要你們死在這裡！」

「哼！如果我不能救出這些小孩！」任凡咬緊牙關，比出了中指：「那我黃泉委託人就死在這裡陪妳！」

「那你們就死吧！」

程慧芳伸出雙手，指著任凡與方正，任凡也舉起彈弓，對準了她。

程慧芳見狀，用手一擋，轉眼就消失在窗戶邊了。

雖然任凡這種用符咒當子彈的彈弓，無法有效地對付程慧芳，不過她只要被打到的每一下，都是椎心刺骨的痛楚。

「她走了嗎？」

「沒有。」任凡放下彈弓，搖了搖頭：「她只是不想被我射到而已，她應該還在這附近，靜靜地等我們出去。」

想不到程慧芳的戒心會那麼重，如此一來情況就更糟糕了。

對方正與任凡來說，距離鬼門開就只剩下兩、三個小時了，如果繼續跟她在這間教室裡對峙，等到鬼門一開，就算她殺不死自己，其他那些被地獄放出來的惡鬼，就夠讓兩人一起共赴黃泉了。

「有這種她不敢進來的教室，你也不早點說。」

方正一整個心情都放鬆了下來，一整晚在這個鬼地方遊蕩，連一個安全喘口氣的地方都沒有，現在好不容易有了個安全的堡壘，方正連鞋都脫了。

方正按摩著自己的腳問道：「那現在怎麼辦？」

「當然是要想辦法出去啦！」有別於方正的放鬆，任凡現在的心裡可是七上八下，絞盡腦汁在想到底該怎麼辦。

「我不會放過你的——」

一個有點口齒不清的聲音突然從身後傳來，把方正嚇到跳了起來，把鞋拿在手上揮舞。

方正定睛一看，才發現原來出聲的是窗台上一顆咬著名片的頭顱。

「啊！」方正想起來自己在哪裡看過這顆頭顱了。

「他、他怎麼會在這裡！」

「不是你把他踢到這裡的嗎？」任凡冷冷地說。

「可是我沒有把名片塞在他嘴裡啊！」

「你能踢人家的死人頭，我就不能趁機拉一下生意嗎？」任凡不耐煩地說：「你們兩個到旁邊去敘舊，不要吵我，讓我想一下。」

方正想要避開那頭顱的目光，誰知道不管方正移到哪裡，那頭顱的兩顆眼睛就跟到哪裡。

「這些鬼魂到底怎麼回事啊？」方正受不了了，靠近任凡問道：「我以為我們要對付的只有在這邊上吊的女鬼，誰知道會有那麼多鬼，這學校以前是刑場嗎？」

「因為鬼門就要開了。」任凡皺著眉頭說道：「這些鬼魂都是想要下去的。在人世間斷了祭拜，或是對過去已經準備好做個了斷，每年都會有一堆鬼趁鬼門開的時候進去。」

方正一聽臉都綠了。

「放心吧，他們只會在鬼門附近遊蕩，人世間對他們已經沒有什麼可以眷戀的。只要你不去招惹他們，或者出聲驚動到他們，他們是不會去理你的。」

聽到任凡提到鬼門，方正這時才想起半仙說的，如果鬼門開的時候，自己跟任凡還沒出去的話，『輕則倒楣一年，斷隻胳臂瘸條腿。』

「啊！情況不妙了！」方正一臉驚恐：「現在就快要到十二點了，我們再不出去的話……」

任凡白了方正一眼罵道：「你是恐龍嗎？怎麼反應那麼遲鈍，一開始我就想到了。」

「那你到底想到辦法讓我們出去了沒？」

方法其實任凡早就想好了，只是在思考有沒有更保險的做法。

「算了，就這樣吧。」任凡下定決心：「你等等帶著那些活著的小孩從生門走，我們進來差不多兩個小時了，所以你等等要記得注意外面，看到鬼半仙或小憐再出去。」

「這不是問題吧？」方正攤開雙手：「不要說離開這間學校了，我看我們出這門口就會被那女鬼殺了吧？」

任凡從袋子裡面掏出個東西，丟給了方正。

方正一看，是根蠟燭。

「你給我根蠟燭幹嘛？」

「你忘記了嗎？那根以前曾經救過我們兩個一命的迷魂燭啊。只要點亮那根蠟燭，鬼就聞不到你們的氣味了，至少讓那些孤魂野鬼不會靠近你們。」

「只能遮住我們的氣味，他們不是一樣可以看到我們？」

「在這裡到處都是孤魂野鬼，只要點了這根蠟燭，他們聞不到你們的氣味，自然就不會當你們是人。」任凡一邊說著，一邊拿出另外一根迷魂燭：「不過還是要注意一點，就是絕對不要發出任何聲音，也絕對不要去接觸到他們，不然你們一樣會穿幫。」

「可是那女鬼見過我們，這樣會有效嗎？」

「對那女鬼當然沒效，所以等等我先帶這些鬼小孩走，看看能不能把她引開。」

任凡想了一下，從袋子裡面掏出了一條繩索，那是一條紅色的繩索。

方正側著頭看了一下問道：「你家門前的那條朱紅索？」

任凡猶豫了一下，回答道：「當然不是，這條是那女人上吊時候的繩索。如果是那女人的話，你們迷魂香就沒用了，畢竟她認得出你們，如果她真的出現的話，你就拿這條繩索套住她，這樣就可以制伏她了。」

「有這麼好的東西你幹嘛不早點拿來！」

方正一把搶過任凡手上的繩索。

「不過你千萬要記住，」任凡嚴肅地說：「你絕對不能讓她知道這條繩子就是她上吊時候用的繩子，不然她一旦有了戒心，想要再套她就難了。」

「知道啦。」方正不耐煩地回答。

「還有，如果遇到什麼意外，不要勉強，趕快逃回來這間教室，這間教室她不敢進來。」

任凡交代完之後，點起了迷魂燭，讓那幾個鬼小孩抓著他的衣服，離開了教室。

過了一會之後，方正也帶著還活著的五個小孩，點起了迷魂燭離開了教室。

原本熱鬧的教室，又只剩下那顆氣到無話可說的頭顱。

5

由於擔心手上的迷魂燭會熄滅，方正的腳步異常緩慢。

後面緊緊跟著的五個小孩，也被沿途許許多多孤魂野鬼嚇到不敢出聲。

聚集在這間學校的孤魂野鬼隨著時間愈來愈接近午夜，也跟著愈來愈多了。

靠著手上的迷魂燭，一行六人總算是有驚無險、一次又一次地從鬼魂的身邊溜走。

眾人回到一樓，穿越了一樓的走廊，終於來到了東側的外牆。

只要再朝南邊走，相信過不了多久就可以看到在外牆側等待的小憐或半仙了。

方正振奮精神，帶著五個小朋友沿著外牆走。

在東側的學校，外牆與東側的教室大樓夾出了一條小徑，沿路種植了許許多多的樹木。

六人穿過了小徑上的小樹林之後，眼看就要到達最南端了，這時候出現在眼前的是讓人瞠目結舌的景象。

只見在外牆與校舍之間，竟然有數也數不清的鬼魂彷彿在看戲般，盯著東側校舍的牆壁看。

方正想起了先前任凡所說的，這間學校裡面有鬼門。

這裡就是鬼門嗎？

只見牆壁的一邊似乎有什麼東西在遊走，好像一條黑色的怪蛇，爬行在牆上似的。

一個接著一個的鬼魂，就好像圍觀的民眾般站在牆前，全部盯著牆上的那條黑色怪蛇。

前面的道路就這樣埋在群鬼之中。

如果想要回頭，繞過這些鬼，重新回到一樓走廊，以學校建築的設計來說，他們得要繞過西側校舍，繞一大圈才能回到這裡來。

方正看了一下自己手上的迷魂燭，已經燒掉了三分之一了，如果想要繞遠路走，以大家先前的步行速度，繞一圈可能半路燭火就會熄滅了。

「只要點燃燭火，這些沒有跟你們打過照面的鬼，根本不會知道你們是人。」

換句話說，要混到裡面去，擠過這群鬼，理論上是可行的。

而眼前，也只剩下這個辦法了。

這還真是太糟糕了，自己一個人的話，想要不發出任何聲音，穿越這些傢伙或許有可能，但是現在帶著五個小孩，看到他們五個人害怕到渾身顫抖不已，就讓方正覺得情況一整個雪上加霜。

方正把小朋友們拉遠，然後蹲下來對他們說：「等等一個牽一個，抓住叔叔的衣服，絕對、絕對不要放手，也絕對、絕對不要發出任何聲音，知道嗎？」

五個小朋友似懂非懂地點了點頭。

再三告誡小朋友們，絕對不要發出任何一點聲音之後，方正牽著他們，宛如一條蜈蚣，準備步入滿是蜘蛛的蜘蛛網內。

方正屏住氣息，選擇了最靠近外牆的地方，那裡有一條僅供一個人通過的空間。

方正低著頭半蹲著身子，牽著小朋友鑽入那條通道。

方正除了一邊要注意自己手上的迷魂燭，一邊還要注意自己龐大的身體不要去觸碰到任何鬼魂，最後還要注意後面的小朋友有沒有跟好。

一心三用的結果，讓這條小蜈蚣般的隊伍行進得更慢了。

好在這些鬼魂個個都希望可以更靠近鬼門，而不斷向前靠，所以對於身在距離鬼門最遠的這條隊伍沒什麼留心。

好不容易方正才剛鑽出鬼群，正在引導著還在裡面的小朋友們走出來，這時最後面的小男孩一個踉蹌，差點跌往那些鬼身上。

方正一見，整個慌了，正想要箭步過去扶住那個男孩，才剛動作就想到了自己手上拿著的是迷魂燭。

眼看小男孩就要跌倒了，而自己左手握著的迷魂燭也燈火搖曳、快要熄滅，顧此失彼的方正一慌，大聲地叫道：「不要！」

方正驚慌的叫聲，就連遠在學校另外一端的任凡都聽到了

另一方面，一路上被程慧芳追著的任凡，一次又一次用彈弓將她擊退，好不容易也帶著鬼小孩們，來到了「死門」。

正把鬼小孩們一個個送出校外的任凡，聽到了這淒厲的叫聲。

在這個地方，能夠發出如此殺豬似叫聲的，只有一個人，任凡一點也不陌生。

鬼半仙與小憐兩人，在任凡與方正進去之後，兩人隨著時辰到來，一個站在生門，一個站在死門，等待著兩人。

這時看到幾個小孩的頭浮現在圍牆邊，在死門守候多時的小憐趕緊飛過去。

小憐在圍牆的另外一頭，一個接著一個將鬼小孩們給接住。

而苦苦在外面等待著的，還有那個前來委託任凡的老奶奶，老奶奶一看到自己的愛孫爬出圍牆，立刻上前抱住孫女，撫摸著孫女的頭。

老奶奶牽著孫女的手，不斷向小憐道謝，小憐則笑著回應。

任凡是個活人，自然不能從這邊出去，可是現在情況可能也不容許他自己一個人逃出去。

從剛剛方正那殺豬似的叫聲，可以確定一件事情——另外一邊的方正隊伍有麻煩了。

世界是一片靜止。

小男孩沒有跌倒，迷魂燭也沒有熄滅，但是在場所有的鬼都看向同一個方向。

五個小朋友也跟著這群鬼一樣冷冷地看著方正。

叫人家不要發出聲音，自己卻叫得比所有人都還要大聲。

方正哭喪著臉，面對著小朋友們責備的目光說道：「對不起。」

下一秒鐘，鬼門前的所有鬼魂紛紛撲向眾人。

而方正跟小朋友們的尖叫聲，瞬間傳到了校園裡面每個角落。

鬼門前面頓時陷入一片混亂，在鬼魂互相推擠之下，整個場面亂成一團。

方正嘴巴咬著熄滅的迷魂燭，兩手各牽著一個小孩，左右腋下也各夾著一個，背上還揹著一個，一路狂奔。

方正維持這樣的情況，跑回了一樓走廊。

還好這些年當警察，鍛鍊出一身好體力，不然這時候就慘了。

後面那些鬼魂一湧而出，宛如洩洪的大水般淹滿了走廊，朝方正這邊過來。

或許是因為那些鬼魂看起來真的好像洪水般撲了過來，方正一看到樓梯，二話不說，轉頭就朝上面跑去。

揹著一個小孩，兩手還各夾著一個，奔上二樓以後，方正的體力迅速下降。

此時方正再也受不了了，將小孩給放了下來，拉住他們的手，正準備再跑。

底下卻突然靜了下來。

方正將頭朝樓梯中間的縫隙看過去，只看到滿滿的鬼魂就聚集在樓梯口，朝上看著他。

方正不知道的是，在這種鬼門之前，是最熱門的附身地點，再加上現在距離鬼門開之後的鬼月只有短短幾個時辰，只要任何鬼魂可以擠掉方正的元魂，盤據在他身體中，這等於最好的替身。

像方正這樣羊入虎口，不吃更待何時。

這些鬼魂人人都想要像方正這種青春的肉體，少說可以多遊戲人間幾十年不成問題。

可是他們卻在這個時候停了下來，當然不是沒有原因的。

因為就在走廊的另外一頭，站著一名連樓下鬼魂都害怕的女鬼——程慧芳。

方正注意力完全集中在樓下，一直到後面的小朋友拉了拉他的衣服，他才回頭看著小朋友們。

小朋友們用手指著同一個方向，方正順著看過去，只見到一個熟悉的女人站在那裡。

原本追著任凡的程慧芳，被任凡的彈弓射到滿頭包，一股怨氣正沒地方出，這時又剛好遇到了自己送上門的方正。

程慧芳發出一聲尖叫，整個人就這樣朝方正撲了過來。

方正這時想到了任凡交給他的繩索，他掏出繩索，拉長繩子，對準著直直衝過來的程慧芳脖子套了過去。

原本一股怒火沒地方燒的程慧芳，以為方正會是個很好解決的對象，想不到這時竟然面無懼色地拿出一條繩索作勢就要朝自己的脖子上套。

程慧芳內心一驚，身形一閃，躲過了方正的這一套。

還以為可以輕鬆得手的方正，撲了個空，整個人向前一傾，滑倒在地上。

即使如此，程慧芳仍然不敢大意，指著方正手上的繩索問道：「你那是什麼東西？」

「別、別過來啊！」滑倒在地上的方正，高舉著繩子擋在自己的面前。

方正看慧芳一臉鐵青，瞪視著他，膽都已經嚇飛了，對於任凡交代過他的話也早就拋諸腦後。

「這、這是妳的剋星！」方正高舉繩子，掙扎站了起來。

什麼？

看到程慧芳有點驚恐，方正才稍微安心一點，揮手要那些小孩躲到自己身後。

看樣子她真的害怕這個東西。

「沒錯！這就是妳的剋星！」方正將繩子擋在前面，得意地說：「這就是那條妳自殺的時候使用的繩索！」

程慧芳狐疑地看著方正，雖然自己已經記不得那條繩子長什麼樣子，可是看到方正那一臉自信，如果不是真的，相信他也不會如此有恃無恐。

方正見程慧芳仍在猶豫，放大了膽子，向前踏了一步叫道：「妳要是再過來，我就用它來對付妳！」

程慧芳一聽，退了一步，方正一看，整個人得意了起來。

「不准過來！」雖然口裡這麼說，但是方正反而更進一步：「不然我一定用這條繩索把妳勒死！」

程慧芳聽了又退了一步。

方正見狀，更是信心滿滿，瞪著程慧芳，大喝一聲：「嚇！」

果然，這個聲音把慧芳嚇到消失不見。

一看到自己如此英明神武，連方正都感覺驕傲萬分，可惜任凡那傢伙不在這邊，不然看他怎麼得意得起來。

「什麼黃泉委託人！」方正看著自己手上的繩子得意地笑著：「哈哈哈哈——啊！」

笑聲彷彿被刀斬成兩半似地岔了氣，只剩下方正張大了嘴，看向樓梯口。

原來剛剛因為畏懼程慧芳而不敢追上來的鬼魂，此刻慧芳一消失，宛如潮水般的鬼魂又追了上來。

「嗚啊——」方正見狀，趕緊拉著五個小朋友又是一陣狂逃。

「如果遇到什麼意外，不要勉強，趕快逃回來這間教室。」

方正想起了任凡的話，抓著小朋友們一路逃回女鬼上吊的教室。

隨後而至的鬼魂們包圍了教室，方正等人縮到了一角，驚恐地望著外面的鬼。

想不到一個接著一個的鬼魂，就這樣大剌剌地踏了進來。

方正恍然大悟，從頭到尾任凡就沒說過這間教室鬼不能進來，其實只有程慧芳不敢進來而已呀。

「啊——」方正絕望地哀號。

這一叫讓現場所有的鬼魂都愣住了，他們都停在原地，動也不動。

「嗯？」方正也跟著愣住了，望著這群鬼。

想不到在教室外面的鬼魂突然一陣騷動，一個接著一個拚命朝另外一邊逃跑。

這突如其來的舉動，不只方正訝異不已，就連已經踏進教室的幾隻鬼也一臉訝異。

一個男人的身影從左而右出現在窗外。

「任凡！」方正從來沒那麼渴望見到任凡。

任凡撇過臉，陰惻惻地瞪著那幾隻已經踏入教室裡面的鬼。

那幾隻鬼渾身顫抖了起來，然後魂不附體似地連滾帶爬離開了教室。

對這些遊蕩在人世間的孤魂野鬼來說，任凡比黑靈還要恐怖。

不只有他身為「怨靈獵人」那些南征北討的傳奇故事，還有他身為「黃泉委託人」那比鬼還要陰的靈魂。

任凡前腳才剛踏進教室，教室的窗戶邊立刻浮現出程慧芳的身影。

程慧芳恨恨地看著兩人，對程慧芳來說，現在就算付出一切的代價，也要讓兩人死在這裡。

任凡完全不理會窗外的程慧芳，走到方正身邊，一臉責備地看著方正。

方正被任凡責備的目光盯到抬不起頭。

「繩子呢？」

方正將紅色的繩子拿出來，並且交給任凡。

任凡拿著繩子轉過頭來看著慧芳，慧芳一見到繩子，立刻向後退了一步，但是眼神仍舊充滿了恨意。

「把迷魂燭點起來。」任凡回到方正身邊：「等等我盡可能牽制住她，如果我沒辦法跟上，你們就想辦法到生門，不用等我。」

交代完後，任凡一手拿著繩子，另外一隻手拿著彈弓，走在前面，出了教室。

程慧芳始終跟眾人保持著一段距離，警戒地看著。

一等到所有人都離開教室之後，程慧芳旋即展開進攻。

方正在前面帶著小朋友們，而殿後的任凡，拉起了彈弓，朝著程慧芳衝過來的方向發射一種由符咒捏成的小彈丸。

彈丸打中了程慧芳，短暫中斷了她的行動，但是很快她就重新整理態勢，朝任凡撲了過來。

任凡見狀，揮動手中的繩索，將她給逼退。

轉眼之間兩人就這樣在樓梯口前來來回回不知道多少次，而方正也趁隙帶著小朋友們下樓。

不斷被任凡的彈弓逼退的程慧芳，咬緊牙關死命想要過去，但是數度被任凡給攔住。

任凡不敢大意，手上的彈弓一直不斷朝著程慧芳身上射擊，很快地，帶來的彈丸全部都射光了。

慧芳見狀，抓緊了機會就朝任凡身上撲，任凡側過身子，將繩子擋在前面，盡可能地不讓程慧芳靠近。

眼看著方正等人都已經走遠了，任凡也不想冒險，趁著程慧芳不注意的時候，重新逃回了教室。

任凡喘個不停，與慧芳又回到了原點，在教室內外互相對峙。

沒有了彈弓與迷魂燭，現在的任凡只剩下手上的這條繩索，以及這間教室的保護。

即使如此，程慧芳對躲在教室裡面的任凡仍然一點辦法也沒有，只能在教室外面，用最惡毒的眼光凝視著他。

方正帶著五個小朋友，一路從西側大樓下到一樓，然後繞過了川堂，一路朝東邊走。

現在方正等人走的路線，與先前走的完全不同，這樣一來應該可以繞過那群鬼。

然而事與願違，隨著時間愈來愈接近午夜，在鬼門前聚集的鬼魂們也愈來愈多。

整群鬼潮就這樣淹沒了生門所在的位置。

方正才剛到學校的大門前，就看到了那些延伸出來聚集在鬼門前面的孤魂野鬼。

如果任凡在身邊的話，說不定還可以把這些孤魂野鬼趕跑，偏偏現在任凡不在。

眼下自己手上的迷魂燭已經燒到底了，隨時都有可能熄滅。

方正轉過頭來望向學校的大門。

大門就在眼前了，生門附近又有數不清的孤魂野鬼。

就算自己可以受得了，這些小孩子肯定會受不了。

眼看著大門就在旁邊，方正實在受不了誘惑。

想想最糟糕的情況，大不了就是無法走出大門，到時候再去走生門就好了吧。

想起半仙的模樣，一副廉價的算命師的嘴臉，什麼生門、死門的，根本只是在瞎掰吧！

好！賭一把！方正下定決心。

迷魂燭緩緩地熄滅，方正牽著小朋友的手，朝大門走了過去。

6

任凡看著手錶，距離鬼門關開只剩一個小時了，如果再不行的話，自己恐怕會真的如程慧芳所說的，得死在這裡陪她了。

「嘿嘿嘿嘿——哈哈哈哈——」

程慧芳的笑聲從走廊傳了進來，任凡冷笑看著教室外面。

果然過了一會兒之後，程慧芳的身影慢慢浮現在教室門口。

任凡冷冷地看著她，在她生前上吊的這間教室中，自己手上還握有繩子，他相信對方不敢踏入教室一步。

任凡將紅色的繩子舉到面前，挑釁地看著程慧芳。

程慧芳冷笑。

現在的她一點也不擔心，畢竟整體來說，整個情勢已經倒向自己這邊，管他是黃泉委託人還是什麼了不起的人物，現在也拿自己沒轍了。

她沒有說話，只是靜靜地指著任凡手上的繩子。

一個人從旁邊走了過來，正是那位應該已經帶著小孩們從生門逃出去的方正。

這時看到了方正，就連任凡都難掩心中的無奈，臉色整個沉了下來。

「對不起。」方正無奈地說。

「去把他的繩子搶下來！」程慧芳命令著方正。

在兩人的後面，那五個可憐的孩子被其他受到程慧芳控制的鬼魂壓著。

程慧芳打算用這五名小孩作為人質，脅迫方正搶下任凡手中的繩子。

方正走了進來，朝任凡走去。

任凡將手縮到身後，用身體保護著繩子，緩緩地搖了搖頭。

「放棄吧，任凡。我們輸了。」

任凡沒有回答，只是默默地搖了搖頭。

「任凡！難道你要眼睜睜看著這五個小孩被殺死嗎？」

任凡不置可否地側著頭，拿著繩子的手依舊放在身後。

「我真的錯看你了！」

方正一咬牙憤恨地朝著任凡走去。

「別過來！如果這條勒死她的繩子有任何意外，就沒有人可以制伏她了！」

任凡才剛退一步，方正一個箭步瞬間欺到了任凡身邊。

想不到任凡竟然是這樣貪生怕死，為了自己存活不惜犧牲他人性命的人。

方正怒火攻心，握緊的拳頭就這麼朝任凡的臉上揮去。

似乎完全沒想到方正會用這樣的手段來奪繩，任凡連躲都沒有躲，就這樣被方正扎實地擊中臉部。

這拳幾乎使盡了方正的全力，一來因為他實在沒想到任凡竟然會是為了自己的生存，而白白犧牲五個無辜小孩性命的人，二來他壓根兒沒想到任凡竟然躲也沒躲，就這樣被自己給打倒。

任凡倒在地上，動也不動。

程慧芳見到兩人這樣自相殘殺，嘴角勾起了一抹得意的笑。

方正從任凡緊握的手中，將繩子給拿了起來。

程慧芳見狀，伸手一揮，教室後面的櫃子、一個木製的裝飾品上面，點起了一盞火苗。

「燒了它！」程慧芳厲聲道。

「如果這條勒死她的繩子有任何意外，就沒有人可以制伏她了！」任凡的話在心中響起。

方正也很清楚，但是如果現在不將這條繩子燒掉，被這些鬼魂挾持的小孩們就會被殺死。

方正靠過去火苗那邊，握著繩子的手，微微顫抖著。

這樣做是對還是錯？方正不知道。

看著躺在地上不省人事的任凡，方正頓時產生了內疚之情。

或許任凡的眼光比較遠大，或許任凡說的都對。

可是方正了解要是他真的眼睜睜看著五個小孩被殺，他這輩子都原諒不了自己。

方正一臉肅穆，伸出了手，將繩子舉到了火焰之上。

鮮紅的火舌躍然於繩索之上，繩子燃燒了起來。

沒有了這條繩索，就算任凡有通天的本領，也休想在這個地方制伏自己。

沒了這層顧慮之後，程慧芳終於將腳踏入了教室。

現在對她來說，是可以好好肆虐一番的時候了。

她首先要處理的，當然就是那個躺在地上不省人事的謝任凡。

程慧芳朝著任凡走了過去，就在這時，方正從旁邊走過來，擋在任凡的前面。

「我們有約定在先，妳必須先放了這些小孩。」

程慧芳冷笑，凝視著方正的臉。

「如果我不放那又如何？」

方正沒有反應，愣在原地。

程慧芳冷笑兩聲，然後朝任凡走了過去，方正竟上前一擋，擋在程慧芳面前。

「我不能……」方正有氣無力地說：「眼睜睜看妳殺了他。」

程慧芳不屑地笑了出來，因為方正整個晚上的行為程慧芳都看在眼裡，早就知道他是一個膽小如鼠的人，現在這麼做也只不過是讓自己心安而已。

她相信只要自己耍點狠，方正就會縮成一團。

她不動聲色地看著方正，然後雙手一張，張大嘴巴露出尖牙，作勢就要朝方正撲過去。

果然方正一嚇，整個人就蹲了下去。

誰知方正一蹲下去，身後一道身影竟然撲了上來，這一下任誰都想不到，等到程慧芳看清楚的時候，一條繩索竟然就這樣套在自己脖子上面。

那身影一拉，程慧芳的頸子立刻緊緊地被勒住。

程慧芳一驚，想要擺脫，可是為時已晚，整個人跪倒在地。

怎麼會這樣？

她抬起頭來看到拉著繩索的任凡，他冷冷地笑著。

「我知道妳不能碰這條繩索，所以我打從一開始就知道，你們這些鬼橫過來豎過去就只有這兩招。一旦被妳知道我們擁有這條繩索，妳不是威脅控制人，就是上某人的身，只要能把繩子給毀了。所以打從一開始，那條被方正燒毀的繩子根本就不是當年勒死妳的繩子，而是我的乾媽撚婆自製送給我驅鬼避邪的朱紅索。如果，妳一直不肯踏進這間教室，等到鬼門關開，我們就死定了。所以我知道，只有這條繩子在妳面前消失，妳才會放心踏入這間教室。真正的繩子根本就一直在我的袋子裡面，而這一切戲碼都只是為了讓妳疏於防備，放心進入這間教室。」

這是怎麼回事！不只有程慧芳驚訝無比，就連方正也張大了嘴。

方正回想起當時任凡將繩子交給他的時候，就是那條紅繩。

可是眼前這條套住程慧芳的繩子，一點都不紅，只不過就是一條麻繩而已。

「那、那你不是連我也騙？」

任凡似笑非笑地看著方正代替回答。

「你還叫我危急的時候去套她！可是、可是如果我真的成功把繩索套在她脖子上的話，會怎麼樣？」

「她會很痛苦，但是不至於可以制伏她。」

「不是啊！那、那不就穿幫了？」

「放心，我對你有信心。我知道你絕對不可能成功將繩索套在她的脖子上，頂多只能拿來嚇嚇她。我也知道你一定會在驚嚇之餘，把這條繩索就是她當年上吊的繩索這件事情一五一十的告訴她。看到你驚慌失措又有恃無恐的模樣，我知道她一定會相信那條朱紅索就是當年自己上吊的繩子。他們這些鬼魂不見得相信我『黃泉委託人』的話。但是你這個膽小怕鬼的人所說的話，他們一定深信不疑。」

一想到任凡竟然如此看輕自己，方正氣憤地說：「你竟然打從一開始就不相信我？」

「我相信啊！我剛剛不是說了！」任凡一臉無辜：「我相信你一定會照我說的做啊！」

「這算哪門子信賴啊！」

想不到自己這次會栽在這樣的人身上，程慧芳一怒伸手就想要抓住方正。

任凡一抖手，程慧芳又被繩索勒住，整個人癱倒在地上。

「還這麼倔強？」任凡冷笑：「妳就在這條繩子裡面慢慢反省自己的一切吧！」

任凡正準備拉繩子，這時一個小小的身影突然從外面跑了進來，身手擋在程慧芳前面。

「不要！」

這個身影方正與任凡見過，他就是當時不願意跟任凡他們一起走的小鬼之一。

不只有他，就連其他那時候留下來的小鬼還有在這間學校遊蕩的孤魂野鬼們，此時都已經聚集在教室外面了。

他們站在教室外，靜靜地看著裡面的一切，有些交頭接耳，有的只是陰惻惻地看著。

「我不准你傷害我們老師！」小男孩的鬼魂雙手一張，在前面保護著程慧芳。

「蛤？」任凡挑眉：「她抓了人間的小孩，已經犯了大忌了，現在不收拾她只會害到更多的小孩。」

「我只是……」程慧芳啜泣：「想當老師而已。」

「那又如何？」任凡毫不客氣地反擊：「妳想當老師，就一定要讓妳當嗎？妳當上了，對孩子來說是好事嗎？如果這些陰間的小鬼，願意當妳的學生，那我自然不會管妳，但是妳連陽間的人都抓了，妳自己看看，那些小孩被妳嚇成什麼樣子？」

任凡指著那五個早就被嚇到失神的小孩，一臉不屑地說：「妳這樣配當人家老師嗎？老是想著自己想要做什麼，卻忘記了這個神聖職業的初衷。老師本來就不是誰想當就能當，它本來就不應該是一個職業，教育下一代應該是任重而道遠的，可是現在有多少人因為貪圖安定的生活與不錯的收入而投身教職？只問教職對自己的好處，妳曾幾何時考慮過學生的好處？有妳這樣的老師，對學生有什麼幫助？」

任凡一席話說到程慧芳抬不起頭來，可是擋在前面的小鬼卻半點也不畏懼，大聲的回罵任凡：「老師不是你說的那樣！」

「或許吧。」任凡聳聳肩，一臉不在乎地說：「我也只是以偏概全，但是她在這裡是事實，她抓了小孩也是事實。」

「我不管！你要欺負我們老師，我就跟你拚了！」小鬼依然沒有半點畏懼。

「蛤？你找死嗎？」任凡垮下了臉：「不要以為你是小鬼我就會手下留情，你不去打聽一下，我黃泉委託人最討厭的就是小鬼了！」

「我不管！你想要欺負我們老師！除非我死了！」

此話一出，外面許許多多鬼魂交頭接耳，看樣子聽過這個傳聞的鬼魂不在少數。

「不然你以為自己還活著嗎？」任凡一臉不耐煩：「你早就已經死了啊！」

方正一聽，「噗」的一聲笑了出來。

「我不管！」小鬼漲紅了臉，依舊不肯退讓。

這時不只有那個小鬼，就連原本站在外面那些不肯跟任凡走的小鬼，一個接著一個在小男孩後面，擋住了程慧芳。

雖然這些小鬼擋在前面，但是只要任凡輕輕一拉，依舊可以將程慧芳給封入繩索之中。可是看著這些張開雙手想要保護自己老師的鬼小孩，任凡知道自己是不管如何都無法下手封印了。

眼看雙方僵持不下，方正走了過來，拍了拍任凡的肩膀。

「算了啦！」方正無奈地說：「就放過她吧。」

「哼。」任凡冷冷地說：「如果是這些小朋友自願讓妳上課，你們喜歡怎麼上課我不管。不過如果妳再隨便抓小孩，不論是生的還是死的，被我知道的話，我一定會再來找妳。」

任凡說完，面無表情地走過去，將繩子從程慧芳頸子上取了下來。

眼看自己心愛的老師脫困，鬼小孩們圍著老師，開心地安慰她。

這場景或許很感人，除了這位老師的舌頭已經掉到地上，且雙眼外凸。

任凡看到這種彷彿一家團聚的景象，無奈地搖了搖頭說：「真搞不懂這些小鬼。」

「你沒有過嗎？還記得你自己小的時候嗎？沒有想念過學校？」方正一臉溫柔地看著這些小鬼。

「我一向不怎麼喜歡念書的。」

「對！」方正笑著說：「但是，學校裡面不只有念書啊！還有那些——可以跟你成為朋友的人，可以跟你一起玩的人。這些小朋友在可以享受學校生活前，就死掉了。所以，他們也希望有個學校吧。」

「無聊。」

任凡搖了搖頭，轉身便走，方正聳了聳肩，牽著五個還活著的小朋友，跟著任凡走。

「先別走！」

一個聲音叫住了任凡與方正，兩人一臉狐疑轉過頭來。

「剛剛聽你說你的名字叫『黃泉委託人』啊？」剛剛與任凡針鋒相對，宛如這群小鬼的領袖般的男孩，很跩地將手交叉於胸前，對著任凡叫道。

「那是我的工作，最好有人的名字可以那麼長。」

「那好！」小鬼一臉臭屁，盤著手說：「你說這是你的工作，那你就幫我做事吧。我要委託你幫我們弄一間教室！」

這話一說，不只任凡一臉訝異，連其他的孤魂野鬼都是一臉驚訝。

「蛤？你瘋啦？」任凡臉上彷彿蒙上一層灰，臉色極為不爽：「小鬼，你知不知道你在跟誰說話？」

旁邊幾個大人鬼們看到這一幕，都覺得這小鬼也未免太大膽了吧。

「是你自己說的啊，這是你的工作，所以我才委託你啊。」

「你付得起報酬嗎？」任凡壓著性子，一臉不屑地問。

「報『仇』？」小鬼一臉狐疑：「我不是要報仇，我是要叫你弄間教室給我們，不是要報仇。」

任凡拉下臉來，無奈地說：「我的意思是，你有錢可以給我當作酬勞嗎？要人幫你做事，總要給人家薪水吧？」

「有！」小鬼跩得二五八萬似的爽快地說：「我可以把我最寶貝的東西給你，這樣可以了吧？」

「呿。」任凡白了那小鬼一眼，搖了搖頭轉身想走。

眼看任凡不把自己當一回事，小鬼一急，在後面大聲喊著：「我知道了！你一定是怕了！怕你完成不了委託！不能完成別人的委託，還敢叫自己黃泉委託人，真是不要臉。」

這一嚷嚷讓任凡停住了腳步，也讓其他不管是人還是鬼的大人們個個停住了呼吸。

「什麼？」任凡低聲地說，任誰都看得出來一把熊熊的怒火已經燒到任凡頭頂了。

誰知道那小鬼竟然變本加厲，將手放在頭後，無所謂地繼續大叫：「啊——我不管！黃泉委託人是屁！好臭好臭的屁！我一定要告訴大家，黃泉委託人是這樣的屁！好臭啊！」

小鬼這般沒天沒地的嚷嚷，嚷到眾鬼魂個個臉色慘白，大氣都不敢喘一下。

每個人都屏息凝神地看著任凡。

黃泉界誰沒聽過曾經是「怨靈獵人」的黃泉委託人啊？

想不到眼前這個小鬼竟然白目至此，當真是見了棺材還不知道要掉淚。

只見小鬼沒天沒地扯著嗓子嚷著：「黃泉委託人是屁！」

任凡整個臉色鐵青，慢慢走到小鬼身邊。

小鬼渾然不覺，仍然走來走去嚷嚷著。

任凡一撈，就把小鬼一把抓了起來。

此舉讓在場所有孤魂野鬼都倒抽一口氣。

太恐怖了！

這小鬼眼前的男人，可是消滅了不知道多少黑靈，還把謠傳最凶狠的雙怨靈給擺平的男人。

光是這個半點法力都沒有，瘦弱的小鬼來說，任凡起碼有一百種方法可以治他。

所有在場圍觀的孤魂野鬼，都知道這小鬼恐怕凶多吉少，但是沒鬼敢說話，只敢在一旁靜靜地看著任凡要如何對付這個小鬼。

畢竟就算借給這些孤魂野鬼十倍的膽量，他們恐怕也不敢反抗任凡。

這時小鬼臉上第一次顯露出恐懼的模樣，問道：「你、你想幹嘛？」

任凡嘴角勾起一抹邪惡的笑容。

「你給我聽清楚。」任凡低聲一個字一個字慢慢地說：「不管你的寶貝是什麼，我都會完成委託把它奪過來，然後在你面前毀了它。」

小鬼一對眼睛睜得好大，看著任凡。

「天下沒有我黃泉委託人不能解決的事。」任凡一臉傲氣：「哈哈哈哈——」

方正用死魚眼看著得意笑著的任凡，想不到這傢伙，竟然會跟一個小鬼認真起來。

「只要你將你的寶貝交給我，我就幫你們弄間教室。」任凡咬牙切齒地說：「聽清楚了沒有？小鬼！」

任凡放下了小鬼，大笑地揚長而去。

方正帶著五個小孩，緊緊跟在後面。

7

方正與任凡帶著那些還活著的小孩，從生門離開了校園。

在外面等待眾人的是小憐，小憐手上拿著一個箱子。

「那我就帶這些小孩回去局裡報到囉？」

「等等。」任凡叫住了方正。

「怎麼啦？」

「你自已看看這些小孩。」

方正看了一下，這些小孩除了這些日子被困在這種地方，顯得狼狽萬分之外，並沒有什麼不同的。

「怎麼啦？我沒看到什麼不同啊？」

「你不覺得他們的眼神都不太對了嗎？」

被任凡這麼一說，方正才注意到這些小孩的眼神都失焦了。

「不是每個人都可以承受這種情況，他們跟那些鬼魂接觸太久，除了內心受到驚嚇之外，心理也受到不少創傷。」任凡示意小憐可以開始了，繼續跟方正說道：「在他們未來的日子裡面，今天的一切將是永遠不會放過他們的惡夢，在他們人生留下不可抹滅的烙印，如果不想帶著這些回家，就必須懂得『遺忘』。」

小憐打開了箱子，從裡面拿出來一盆花。

那花朵看起來像是一朵玫瑰般豔紅，卻有如百合般的綻放，花蕊排成了一圈，乍看之下就好像一顆長在花上的眼睛，雖然方正不太懂得花，但是他相信這種花自己從來沒有見過。

任凡拉著方正，離開了五個小孩，等兩人站遠之後，小憐將花盆捧起來，靠近他們。

離開了陰地，在這些沒有陰陽眼的小孩子眼中，只見到一盆花騰空飛著，這些日子已經被那些鬼怪嚇到失心瘋了，對於這會飛的花也已經沒什麼驚恐的感覺。

五個小孩愣愣地看著花，然後聞到了花香之後，緩緩閉上了雙眼，身子一軟，五個人通通倒在地上。

眼看好不容易救出來的小孩們，全部軟倒在地，方正緊張地想要上前扶住他們，卻被任凡拉住。

「別這麼緊張，那是孟婆花，是我千辛萬苦跟乾奶奶要來的。」任凡淡淡地說：「它是以孟婆湯所種，只要聞了它的花香，就會讓人徹底忘記這幾天的事情，永遠不會想起來。你可千萬別靠過去，除非你想失憶。」

任凡說話的期間，小憐把花重新封好，裝回箱子。

雖然任凡這麼說，方正仍然緊張地看著這些小孩，果然過不了多久，他們慢慢醒轉過來。一對又一對水汪汪的大眼睛眨呀眨地看著方正與任凡，臉色卻是一臉疑惑，已經沒有半點恐懼失神的模樣。

「可以了，你帶他們回局裡吧。」任凡面無表情地說：「至於在這邊發生的事情，我想你自己會想到辦法交代的，總之不要扯到我就行了。」

關於這一點，方正一點意見也沒有。

首先，他當然不可能告訴局裡面的人關於今晚所發生的一切，更不想讓任何人知道任凡。

畢竟對他來說，這是他的人生裡最灰暗的一面。

很多次方正都想放棄這一切，回到自己過去那種辦案不怎麼出色，但是問心無愧的日子。

方正帶著小孩子們回到分局，局裡面苦苦等待的是這些失蹤小孩的父母親，他們接到了方正的聯絡之後，不管現在已經是半夜幾點，急急忙忙地趕來了警局準備迎接自己的小孩。

看到了為人父母喜極而泣的模樣，讓方正再度了解到自己的重要性，為了這些人，自己就算心裡不踏實又算得了什麼？

可以有所作為卻不作為，方正不相信自己心裡會比較好過。

第4章・鬼校落成

1

鬼門開之後的凌晨，任凡作為根據地的廢棄建築有著暴風雨前的寧靜。

再過不了多久，這裡就會被大量湧入的地獄怨鬼們給佔領，畢竟對這些長年遭困在地獄的鬼魂們來說，黃泉委託人是他們回到陽間短短一個月內，可以快速達成心願的唯一寄託。

可是所有黃泉界的鬼魂都知道，沒有準備實質報酬的委託，任凡是不接的。

所以這些鬼魂一從鬼門關衝出來之後，第一件事情就是去找報酬，哪怕是一點線索或情報，只要能夠讓任凡認定合格的報酬，就能讓自己達成心願。

然而現在，卻是一片寧靜，早在三天之前，在小碧的指揮之下，整塊廢棄的建築空地就已經規劃好了掛號排隊的動線，以及每隻住在這裡的鬼魂所必須分擔的工作。

一切都準備就緒了，就等著那些鬼魂上門。

可是一大早，出現在廢棄空地的卻不是這些鬼魂，而是一對怯生生的夫妻。

兩人緊緊摟著彼此，左顧右盼地走了進來。

老公的手上提著一個箱子，兩人穿越了中庭，來到了其中一間廢棄大樓的底下。

太太掃視過去，看到了一樓中央真的擺著那個大信箱，搖著老公的手要他看，老公看到之後也是一臉驚訝。

兩人猶豫了一會之後，將帶來的箱子放在信箱之上。

從兩人對箱子依依不捨的態度來看，裡面應該裝有什麼貴重的物品。

兩人離開廢棄大樓之後，還滯留在門前偷看。

任凡一直等了好幾個小時，確定兩人一臉失落地離開之後，才下樓去將東西拿上來。

這裡面裝的應該就是那個小鬼得意的寶物，也是他準備拿來支付給黃泉委託人的報酬。

到底是什麼東西呢？

任凡將箱子小心翼翼地打開，朝裡面一看。

裡面裝的是一個玩具機器人，任凡看了不禁搖頭苦笑。

從玩具關節的磨損程度來看，這應該是小男孩生前很常把玩的玩具。

的確，這真的是小男孩最珍貴的寶貝。

只是對任凡來說，這可稱不上是實質的報酬。

「唉。」

任凡將玩具放回箱子，嘆了口氣，臉上卻帶著一點落寞。

這一切小憐跟小碧都在一旁看著，兩人互視一眼，溫柔地笑著。

只要認識任凡的人或鬼，一定都聽過任凡說過：「我最討厭的就是小鬼了。」

不過只有小憐跟小碧知道，對任凡來說，一旦案件牽扯到了小鬼，事情就沒有那麼簡單了。

不管多久，任凡總是無法習慣，看到這些還沒來得及長大，就中途夭折的幼小靈魂。

每看一眼，心就感覺被人揪住一樣。

這或許是曾經身為嬰靈的任凡，殘留在體內的一點記憶也說不定。

說起來也奇怪，任凡不記得自己六歲之前的童年，但是卻能記得當時自己在鬼門關前無助徘徊的景象。

而任凡多年來，還是不知道記憶中那雙把自己推回肉身的手，到底是誰的手。

2

黃校長看了一下時間，差不多可以下班了。

他稍微整理了一下東西，拿起公事包準備離開辦公室。

外面的學生們還在靜靜地上著最後一堂課，校長離開了位於二樓的辦公室，準備到後面停車場去拿車。

他下了樓梯，穿過了總務處，再轉個彎，正準備直直通過走廊到後面停車場的時候，一樣東西吸引了他的注意。

他已經在這間學校當了八、九年的校長，學校的所有地方他都瞭若指掌，可是當他轉過彎，理應是一條走廊的地方，卻出現了一道樓梯。

「嗯？」

黃校長側著頭皺著眉不解地看了看四周。

當他倒退幾步，朝自己過來的走廊一看，整個人眼睛都大了起來。

只見在他前面不遠的地方，掛在上面的門牌寫著「校長室」三個字。

可是自己明明已經下樓，並且剛剛還經過了總務處，怎麼會回到應該在二樓的校長室呢？

這到底是怎麼回事？

黃校長內心有點恐懼，退了幾步考慮了一會兒之後，他回到校長室門口。

就當作這一切真的沒有發生，可能自己真的累了。

他喘了幾口氣之後，轉身回到剛剛的樓梯，下樓穿過了總務處，這次他特別注意了一下，雖然總務處裡面沒有職員，不過那確實還是總務處。

他稍微安心一點，繼續走到轉彎處。

黃校長一轉，眼前的樓梯幾乎讓他的心臟都差點跳了出來。

怎麼還是有樓梯！

他一回頭，看著總務處的掛牌，這時也不知道什麼時候被換成了「校長室」。

這是自己已經服務了將近十年的學校，怎麼可能會發生這樣的事情？

有鬼！真的有鬼！

一想到此，原本已經大汗淋漓的黃校長，竟冒出了冷汗。

黃校長被嚇到慌了，一股腦的從樓梯衝上三樓，一口氣跑到了轉彎處一看，那個彷彿詛咒般的看板仍舊寫著「校長室」。

這次他心一橫，衝到校長室門前，將門打開衝了進去，裡面的的確確是自己最熟悉的辦公室。

眼看這等怪象，讓黃校長的心陷入恐慌，他衝出校長室，四處張望，想要抓個人來問問。

衝到隔壁的秘書室，裡面應該有教職員工還在裡面，可是裡面空無一人。

校長心急如焚，開始擔心了起來，可是不管他跑到哪間教室或辦公室，裡面連半個人都沒有。

心裡的恐懼感隨著一次又一次的撲空而不斷沸騰，不管怎麼走都會一個不小心又回到了校長室。

他再也受不了了，跑到了窗戶邊開始求救，可是任憑校長如何嘶喊，外面的人卻是充耳未聞，甚至沒有一個人抬頭看向黃校長這邊。

當然就算他想破了頭皮，也根本不可能想到，從他早先步出校長室準備回家的那一刻開始，小憐就一直跟著他，用手遮住了他的眼，讓他怎麼走也走不出校園。

在校舍裡面迷路了幾個小時，黃校長無力地坐倒在地上。

「救命啊！有沒有人……」校長聲音哽咽：「救救我？」

從鎮定到驚恐，一直到現在的無助，黃校長怎麼走都走不出校園。

這明明是自己再熟悉不過的校園，可是自己卻怎麼走都走不出去。

黃校長又氣又怕，隨著夜深人靜，那僅存的一點理智與勇氣也徹底瓦解了。

校長竟然抽噎地哭了起來。

自己會不會就這樣死在這裡沒人發現？

叩、叩、叩。

一陣陣腳步聲從走廊的盡頭傳了過來

黃校長抬起哭花的一張臉，看著走廊的盡頭。

一個男人的身影就出現在走廊的最深處。

這是好幾個小時以來，第一次看到人出現在自己面前，黃校長趕緊爬了起來，將手伸向那人。

「救命！求求你救救我！」

「救你？」男子的聲音低沉冷漠：「你有被救的資格嗎？」

校長用袖子擦乾自己狼狽的臉，看著走過來的男子，他有一張陌生的臉孔。

來人正是黃泉界最出名的活人，謝任凡。

任凡凝視著校長說：「正所謂十年樹木，百年樹人，你身為一校之長，有沒有做過會讓你的職位蒙羞的事情，你自己會不知道嗎？」

校長一臉疑惑，他所疑惑的不是自己的清白，而是他不懂這跟這一切又有什麼關聯。

「你有聽過程慧芳這個名字嗎？」

一聽到這個的名字，校長臉色刷地一下變白，等於變相地承認了自己的作為。

「哼！」任凡冷笑：「你應該很清楚自己做過什麼吧？」

「只要你能夠讓我離開這裡，你要多少錢我都給你。」

「再多的錢也救不了你的命。」任凡冷冷地說：「你做過那麼多缺德的事情，你自己都沒有自覺嗎？」

「是！」人逢絕處，萬事皆可拋，黃校長很爽快地承認：「我的確親自下令要封殺她，但是這也是她自己的問題，她竟然在學生的面前動手打老師。」

「是這樣嗎？」任凡側著頭一臉懷疑，關於過去的事情，他已經從程慧芳那邊知道得一清二楚。

當時，學校因為次年招考新進老師的事宜，準備進行教甄。但是當時在學校代課的程慧芳，無意間聽到了某個老師為了讓自己的親人順利進入學校任職，而聯合其他人進行內定，程慧芳才會在一氣之下跟該名老師起了衝突。

學校方面因此到處封殺程慧芳，並且把她妖魔化，一切都是為了掩飾自己不法的行為。

「事實的真相是因為你們內定資格，被她知道了，你們才極力捏造她精神狀態不佳的事情，不是嗎？」

黃校長一臉死白，看著任凡。

任凡雙目如炬，無形中透出了讓人無法忤逆的氣勢。

「就、就算這樣，現在人死不能復生，她是自己自殺的，這件事情學校也因此受到連累，這總不能也算在我頭上吧？」

「你的罪過不只這些吧？你有了內定還公開舉行考試，每個老師報名都要收費。只要一次有一百個人報名，每個人收取一千五的費用，這樣你們學校就平白無故有了十五萬的收入。貴為一所學校校長，卻將之經營成斂財的學店，不為學生們把關，遴選出最優良的教師，搞這種小手段，你都不覺得慚愧嗎？」

對於錢，任凡一向算得比銀行員還要精。

「你不要信口開河，我告訴你，我可以告你！」被個小毛頭教訓，再也忍受不住的黃校長，板起了臉孔。

「哼！告我？」任凡不屑地笑：「你連我是誰都不知道，你拿什麼告我？」

「你有什麼證據？就算有證據的話，你可以直接上法院告我，不需要像這樣不知道搞什麼飛機地把我困在這種地方吧！」

「真是無知啊！哈！」任凡笑了出來：「你以為這世上最嚴厲的懲罰是法律嗎？」

校長聽到任凡所說的，整個臉又垮了下來。

「哈哈哈哈！就算湮滅了所有證據，但是你逃得了天眼嗎？」任凡收拾起笑容，雙眼瞪視著校長：「不，你連你身後的那群都逃不了。」

校長一聽，回過頭去。

只見走廊上面，密密麻麻站著鬼山鬼海的鬼魂，每一個眼神中都充滿了怨恨。

「他們都是生前當不成教師的鬼魂，換句話說，這可是流浪教師的怨恨啊！」

任凡滿不在乎的扯了個謊，前幾天遊蕩在這裡的鬼魂，早就已經該走的走、該散的散。現在包圍著校長的這些鬼魂，不過是任凡請來幫忙的鬼魂，只是這點就算黃校長再聰明十倍也不可能看穿。

校長一臉驚恐、訝異地看著這些鬼魂。

「有的事情就算你做得再如何天衣無縫，騙得了人，也瞞不了天的。別以為做壞事沒有報應，我這邊可是已經有了滿滿的委託，要在你死後讓你好看呢。」任凡凝視著校長：「而且我相信如果你再這麼不知好歹的話，你應該也活不過今晚了。」

校長一聽垮下了臉，肩膀垂下，無力地低著頭。

「現在，可以救你的只有我這個黃泉委託人了。如果你想要補救的話。」任凡淡淡一笑：「我倒是可以幫你跟他們求求情。」

「怎麼補救？」

任凡笑而不答，只是看著校長。

3

翌日——

昨天的一切宛如一場惡夢，任凡此時帶著一名陌生男子一起來到了校長室，真實與恐懼感再度浮現他的心頭。

「你好，校長。」任凡笑著說。

「是你！」校長的聲音顫抖：「這麼說來，昨天的一切……都是真的！」

任凡挑眉問道：「怎麼？你不想認帳？」

「不！不敢！」校長手忙腳亂地從後面的櫃子拿出一本書：「我已經都安排好了。」

校長打開書，書裡面畫著校舍的平面圖。

校長指著其中一間教室，對任凡說：「這間教室怎麼樣？雖然位置偏僻了點，但是我打算在這條走廊這邊加裝一扇鐵門，這樣教室就不會有其他學生靠近，也不用擔心平常白天沒人使用的時候，有學生進去破壞或者弄髒環境。」

任凡皺著眉頭，似乎不太滿意的模樣，嚇得校長魂都飛了。

「不只如此，我還會規定校工每個禮拜都會進去打掃一次，還會親自到場去監督。」

「嗯，資源方面，我想這樣應該夠了。」任凡用懷疑的眼光看著校長：「不過，你……」

「我、我怎麼了？」

「提供一間教室給他們使用，好像不代表你的歉意，你這樣恐怕無法平息那些傢伙的怨氣喔。」

一聽到任凡這麼說，校長整個臉都擠在一塊，緊張地問：「那我、我該怎麼做？」

「阿咧，你怎麼會問我咧？」任凡裝模作樣側著頭說：「你是校長耶，你們學校的小朋友如果做錯事情應該怎麼辦呢？」

後面的門突然傳來敲門的聲音，教務主任在外頭對著校長說：「校長，朝會的時間到了。」

任凡微笑看著校長。

校長考慮了一下，然後點了點頭，走出了校長室。

校長離開之後，一直保持沉默在旁邊看著的方正，走到任凡身邊。

「這樣好嗎？」方正似乎頗不能接受任凡這種方式，皺著眉頭問：「竟然脅迫校長到這種地步，你這樣不是間接鼓勵這些鬼魂用這樣激進的手段來達到目的嗎？」

「不然你的建議是什麼？」任凡用死魚眼瞪著方正：「好好溝通，用愛與包容去感化他嗎？」

「我、我怎麼知道。」方正皺著眉頭說道：「我只是覺得這樣不好，有一就有二，如果你都這樣妥協，那些鬼只會愈來愈囂張。」

「蛤？你認為鬼是哪裡來的？鬼媽媽生的？他們並不是從黃泉界的石頭蹦出來的，他們也不是自己選擇要成為什麼樣的鬼。人才有機會去改變自己的未來。對鬼來說，只有過去，沒有未來。就是因為人的所作所為，影響了他人，或者讓他人帶著怨恨而死，才會造就出充滿怨恨的鬼。這不就是大家常講的輪迴嘛？」

方正不置可否地點了點頭。

「種什麼因，得什麼果。鬼的世界是什麼樣，端看人的世界是怎麼樣。」任凡面無表情地說：「如果大家都能以禮相待，如果大家都能為別人多想想，哪來那麼多怨靈？」

方正白了任凡一眼，冷冷地說：「哼，說得正義凜然，如果真的這樣你不是沒生意了嗎？」

「有差嗎？我不是整天只管著收這些鬼的，你忘記我不接黑靈的單嗎？我主要的委託都是簡單又好賺的生意，偏偏遇上了你之後……唉。」

「怎樣、怎樣？嘆什麼氣啊？我才倒楣好不好？整天都得看到嚇死人不償命的鬼，害我現在到哪裡都被人以為愛耍帥戴著墨鏡，還不是為了想要遮住那些不想看到的鬼魂。」

方正愈講愈無力，愈講愈小聲，因為任凡的臉色愈來愈臭。

畢竟再怎麼說，第一次也就算了，接下來的情況幾乎都是方正自己要求點那個靈藥的，想把這筆帳算在任凡頭上，當然沒那麼容易說得過去。

再者，自從遇到任凡之後，方正除了經歷了許多不曾經歷過的事情之外，也可以算是出人頭地、飛黃騰達了。

所以方正愈講愈心虛，愈講愈小聲。

「好啦！好啦！」方正無奈地說：「都是我不好，可以了吧？」

聽到方正這麼說，任凡才緩緩地點了點頭。

兩人從校長室的窗戶，看著學校的師生在行進曲的號召之下，全部集合在樓下的操場。

4

一週一度的朝會，在學校的操場上面熱鬧進行。

全校的師生都聚集在一起，聆聽著校長的發言。

除了遠遠在觀看這場朝會的任凡與方正之外，在場恐怕沒人有可以想像，這裡就在前幾天鬼門開的同時，大量鬼魂從鬼門關跑了出來。

而為了慶祝這一年一度的大解放，他們還在這些師生所站著的操場上，開了一場熱鬧的鬼月嘉年華會。

比起現在這些師生，那些鬼魂的數量有過之而無不及。

還好方正跟任凡兩人在這些鬼魂發現之前就已經從生門離開了校園，否則就算任凡在黃泉界頗負盛名，恐怕也得喪命於此。

兩人看著朝會情況，回想起幾天前的那場驚險的冒險，在遠處，站在講台上的校長，依照任凡的指示，發表了一場讓在場師生都感覺到莫名其妙的演說。

「在今天這個朝會的場合裡面，」校長拿下眼鏡，抿著嘴唇說：「校長要特別表揚一位已故的教師。她擁有一顆熱誠的心，很可惜當初因為學校誤會了她，讓她痛苦不已。不然，各位同學現在就會有一位非常優秀的老師，可以來教導你們。」

校長莫名其妙的演說，台下每個學生都一頭霧水，不只學生們疑惑，連老師們也是一臉不解。

校長這時哽咽地深深一鞠躬，誠心地說：「對不起！」

校長近乎激情的演出，讓許許多多老師們聚在一起竊竊私語。

「校長希望，你們也可以跟校長一樣，對這位老師懷有感謝之心，畢竟這裡有些同學，曾經被這位老師教過，所以請大家一起，說聲『謝謝老師』。」

雖然不知道內情的小朋友們，也不懂校長到底在說些什麼，不過聽到校長這麼說，全校的同學還是一起敬了禮，用震耳欲聾的音量齊聲說道：「謝謝老師——」

在場沒有人看得到，就在全校同學這麼叫的同時，一個女人就靜靜地站在校長旁邊，淚眼看著這一切。

這些年的辛酸與痛苦，都在這聲感謝之中消散殆盡。

而那股積悶在胸口的怨恨，也在這時候慢慢消失了。

只有任凡看得到，在她身上原本盤據的紅氣，此刻正在慢慢的轉變，成為了藍氣。

從執著轉化成為對人世間的眷戀，這是靈體的轉變，也是一種渡化的結果。

從一名教師的執著，變成眷戀還留在人世間，無法去陰間報到的小鬼魂們。

她或許不能在人世間成為一個老師，但是任凡相信，在黃泉界，她會找到屬於自己的一片天地。

對鬼而言，雖然沒有未來，但是仍然可以珍惜現在。

畢竟在輪迴的面前，沒有什麼事情是恆久的，當一切歸零再度出發的時候，你將會重新面對一個嶄新的人生。

但是，在生命的每個點上，仍然可以好好珍惜，享受生命才是最真實的。

對任凡而言，如果可以有這樣的結局，也算是一種完美。

如果可以的話，或許也可以把那些小鬼送來這裡讀點書。

任凡在心中想起自己那棟廢棄大樓裡，那些老是欺負老鬼黃伯的小鬼們，不過他相信，就算如此，黃伯好玩的頭顱，還是難逃被當球踢的毒手。

5

方正與任凡親自督工，讓校方整理出一間教室之後，兩人才離開學校。

兩人步出學校，此刻正是放學時間，許多家長早就已經守在校門邊，等待著自己的寶貝心肝步出校園。

方正看到這個景象，一臉擔憂。

「你幹嘛一張苦瓜臉？」

「這樣不太好吧？」方正搓著自己的兩臂：「這間學校有鬼的事情，起碼要告訴大家吧？」

「蛤？告訴大家什麼？這間學校白天人上課，晚上鬼上學？」任凡白了方正一眼：「誰會信你啊？」

「可是，你看這些家長。」方正皺著眉頭說：「你不覺得他們有知道的權利嗎？」

「的確，不過他們需要知道的事情太多了。」

任凡心想：「如果他們知道教育他們下一代的老師，一部分是用人情，也有一部分是用錢去買，才換來今天的職位的話，不知道作何感想？」

「人在做天在看。」任凡無奈地說：「問心無愧就好了，人與鬼本來就一直生活在同一個空間，有必要這樣大驚小怪嗎？」

兩人正說話的同時，其中一個放了學的小學生，正快步準備通過馬路，可是這時候燈號早就已經變成紅燈了，小男孩也沒注意，就這樣穿過去。

一輛速度不算慢的車子橫向而來，旁邊一個婦人看到這等險境，大聲尖叫了起來。

就連小男孩也看到了車子，車子緊急剎車，發出刺耳的尖銳聲響。

可是這時剎車已經為時已晚，小男孩突然從旁邊跑出來，駕駛也來不及反應。

車子就這樣直直撞上了小男孩，小男孩被車子撞到飛了起來。

所有人都緊閉眼睛，不忍看這一幕讓人膽寒的畫面。

只有方正與任凡兩人看到，一個身影在事故發生的同時，朝事故現場飛了過去。

那個身影抓起了小男孩，並且用自己的身體擋在車子前面。

兩人一起飛了起來，有了這個身影當作護盾的小男孩，半點傷痕都沒有，只是受到了一點驚嚇。

小男孩抬起頭來，看著這個影子，在那一瞬間，他看到了一個女人若隱若現。

小男孩有一種奇妙的感覺，這個女人雖然沒有見過，但是感覺她像是學校的老師。

「謝謝老師……」小男孩的童言童語這麼說。

程慧芳微笑點了點頭，摸了摸小男孩的頭。

在場的所有人，只有任凡跟方正看得到程慧芳，其他人都只看到了小男孩被車子撞飛的景象，頓時引起一陣騷動。

所有人都在這場騷動中亂成一團，學校老師很快地跑了過去，想要看看小男孩有沒有受傷。

即使小男孩毫髮無傷，老師們還是很緊張，似乎還準備叫救護車。

在一陣混亂之中，程慧芳看到了任凡與方正，並且朝兩人飄了過來。

「唔！」方正一看她朝自己飛來，整個臉瞬間慘白：「她、她飄過來了！」

「廢話，你都看得見了，我會看不見嗎？別緊張，她應該只是要過來謝謝我們。」

可是這時方正已經轉身準備逃跑了。

與此同時，阿宏也穿過了街道，朝方正跑了過來。

一看女鬼飄過來，方正二話不說，立刻拔腿就跑。

壓根兒看不見鬼的阿宏，還以為方正一看到自己就要逃。

「學長！是我，阿宏啊！你別逃啊！」

「我不是要躲你啊！」方正叫著，腳步卻半點也不敢停下來：「我是要逃在你後面的女人啊！」

阿宏一聽，回頭看了一眼，只見除了任凡之外，這條路上根本沒有什麼女人啊！

「學長！沒有女人啊！你別跑了啊！」

開什麼玩笑，上次接受一個女鬼的道謝，讓他無緣無故多了一個未婚妻，他可不想再接受任何鬼魂的感激了。

阿宏對任凡點了點頭之後，馬不停蹄的追了上去。

夕陽下，程慧芳與任凡苦笑看著方正的背影，被夕陽拉得好長好長。

小憐緩緩悄悄地接近兩人。

「凡，該回去了。」小憐微笑著說：「開始有客人上門了，現在姐那邊掛號已經到了一千多號了，再不回去她會抓狂的。」

「一千多號？」任凡苦笑搖了搖頭：「人間不景氣，想不到我的生意也跟著受影響。鬼門都已經開兩三天了才一千多件委託，唉。」

任凡告別了程慧芳，與小憐踏上回家的路。

那天朝會的幾天後，該小學出現了一間位於頂樓的廢棄教室，校長叫人在教室的外面特別加裝了一扇鐵門，嚴禁任何學生進去。

夜晚來臨，朝氣洋洋的小學沉靜了下來。

慈祥的女鬼老師帶著鬼學生們，來到了門前，他們穿過了鐵門，進入了教室。

雖然是一間廢棄的教室，但是裡面應有盡有，不但有著老師上課用的黑板，也有一張張給學生坐的座位。

他們知道這一切都是黃泉委託人的功勞，在正式上課之前，老師還不忘記提醒學生，要永永遠遠感謝黃泉委託人。

而就在學生們禱告的同時，小明意外在自己的抽屜裡面，發現了一個東西。

那是他生前最心愛的機器人，也是他說過要拿來付給黃泉委託人的報酬。

他又驚又喜地看著機器人，淚水也跟著流了下來。

人間有愛，陰間有情。

這對小明而言，是最珍貴的一課，他相信他會永遠記住這次的事件，一直到喝下那碗忘卻一切的孟婆湯為止。

鬼門關

楔子

距今大約五、六年前——

大家所說的凶宅，通常有兩種涵義，一是指有人曾經在這棟建築裡往生過，另外一種則是指鬧鬼的房子。

不管從哪個涵義來解釋，這間坐落在台北郊區的老舊六樓公寓都符合。

這裡原本是一棟相當不錯的住宅公寓，但是在一個多月前，一名情場失意的女子在三樓上吊之後，一切都走了樣。

住在那名上吊女子隔壁的住戶抱怨，常常在半夜聽到那間應該是空屋的房子裡傳來陣陣哭聲。

恐怖的傳言開始在這棟大樓散布的同時，許許多多詭異的事情也跟著發生了。

先是五樓剛上小學的小男孩看到一個小女孩，要拉他陪她一起玩，如果不是那小孩的母親最後及時抱住了小男孩，阻止了小男孩從五層樓高的窗戶跳下去，說不定這棟公寓又會多添一樁命案。

再加上已經有十個人以上曾看到過那個樓梯阿婆，整件事情變得越來越不可收拾。

短短一個月內，竟然從原本住滿的十八戶，瞬間只剩下六戶人家還沒有搬走。

畢竟當你睡覺睡到一半，有個不認識的人大剌剌地就坐在你的身上，並且盯著你看，不管膽子多大，恐怕都會落荒而逃吧。

雖然這棟大樓在郊區，但這裡終究還是台北市。

能夠在台北市買棟房子不算簡單的事，說什麼也不肯搬的六戶人家，決定捍衛自己的家園。

兵來將擋，水來土掩。

盜賊氾濫尋官兵，猛鬼橫行找法師。

是夜。

就連不肯搬走的人家，今天都紛紛找旅社或親友家借住一晚。

一場大戰即將在這棟凶宅內爆發。

整棟公寓一片死寂。

宛如深淵般的走廊上，一個男子面無表情地站在那裡。

他不著急，抓鬼這種事情急不得。

一切都必須看時辰。

如果在錯誤的時辰，遇到錯誤的鬼，就算有一打護身的法寶也是枉然。

來的這個男子有個名字叫做易木添。

至於他真實的名字，連他自己也不知道。

他是個被丟在廟口的棄嬰，自小被廟公收養。

也正因為如此，別人的枕邊故事是白雪公主與七矮人，他聽的則是天師黃鳳嬌與猛鬼鬥法的故事。

耳濡目染之下，在他成年的那天，透過廟公老爸的關係，拜進了奇門遁甲大師的門下，經過了幾年的修練，終於學成出師。

當然他一心想追隨的目標，就是傳奇天師——黃鳳嬌。

他希望自己可以像她一樣，留下一篇篇動人的傳奇。

然而，各行各業總有些不足為外人道的苦衷。

雖然易木添有點真材實料，但是他所遇到的事件卻不如自己的功力扎實。

總是有些人喜歡把人生一些不如意的事情，推諉給怪力亂神。

木添就遇過有對父母找上他，堅稱自己的小孩被鬼附身，結果木添說破了嘴，他們也不相信自己一心疼愛的小女兒，只是進入了「叛逆期」，堅持一定是被鬼附身才會有這些叛逆的行為。

不過今天不一樣，木添清清楚楚的感覺到，這棟大樓一點也不平靜。

說白一點，木添認為這棟房子根本不適合人居住。

此刻在這棟公寓裡面流竄的陰魂不知道有多少，木添的嘴角勾起了微笑。

他等了很久，就是在期待這樣的舞台，可以讓自己大顯身手。

從出師之後，一直沒有機會可以驗證自己的身手，現在機會就在眼前，讓木添不自覺地浮現出笑容。

就在這個時候，有一個身影由左而右從木添的面前晃了過去，木添將符咒拿了出來，蹲低身子。

過沒多久，那個身影又飄了出來，木添一個箭步，朝身影竄了過去，右手一翻便將符咒準確地貼在這個身影上。

一被貼上符咒，立刻發出淒厲的叫聲，那是一個女鬼。

木添連看都沒看，笑著喃喃數道：「一。」

曾經聽師父說過，當年傳奇天師黃鳳嬌曾經收服過將近兩千個惡鬼，當時木添就立下志願，總有一天要超越她。

這下總算踏出了第一步！

木添點了點頭，朝著走廊深處走去。

今夜，這棟對活在人世間的人來說是間極凶的宅邸，對黃泉的鬼魂來說亦然。

木添所到之處，哀鴻遍野。

所有鬼魂都是不堪一擊的，畢竟再怎麼說，他們也在這裡生活好一段時間了，如果不是那個「意外」，他們與人世間不相妨礙。

就像兩條畫在同一張紙上的平行線，雖然身處同一空間，但是永遠不會有交集。

一看到木添，許多鬼魂紛紛四處逃竄，一個男鬼為了保護自己共赴黃泉的小孩，被木添一劍穿心，魂飛魄散。

看到自己的父親，就這樣被法師消滅，小鬼整個愣住，一對眼珠都失了焦。

木添一躍欺到了小鬼身邊，回身一拍，一張符咒就這樣平貼在小鬼的額頭上。

小鬼翻倒在地上哀號，額上冒出了陣陣白煙。

「十七。」木添嘴巴數計著。

這時走廊上面的鬼魂早就已經逃得無影無蹤，不過木添不著急，他知道他們離不開這間陰宅。

可是，一個詭異又恐怖的身影卻出現在走廊的另外一個盡頭。

木添一看，內心一驚。

這是什麼怪物啊？

來者從身形看起來像是個男鬼，可是卻有著詭異的體態。

定睛看個清楚，才發現根本不是一個男鬼，而是兩個男鬼，一個站著，一個蹲著，身影連在一起的結果，讓木添乍看之下還以為遇到了什麼恐怖的怪物。

不過這卻沒有讓木添安心，因為這時木添注意到了兩個男鬼之間有個奇怪的地方。

那個蹲著的男鬼竟然咬住那站著的男鬼的手。

這到底是怎麼回事？

木添這時又察覺一個讓他困惑不已的現象。

那就是站著的那個男人，竟然給木添有種陰陽同體的感覺。

明明陰氣很重，卻仍有陽氣。

他到底是人是鬼？

在這間鬧鬼的凶宅裡面，木添根本分辨不出來。

說他是人，也未免太陰了。更何況哪有人手上被一隻鬼叼著，還視若無睹，當作沒事，彷彿是遛狗般來到了這間鬧鬼的凶宅之中閒晃？

說他是鬼，那散發出來的陽氣又該如何解釋？

不過木添終究是火裡來，水裡去有點道行的法師，當下站穩了腳步。

管他是人是鬼，照收！

拿定了主意，木添扎穩了馬步，舉起桃木劍，朝男人慢慢靠近。

那一站一蹲的兩鬼合體，氣定神閒地盯著木添，卻沒有半點畏懼的模樣。

算準了距離之後，木添將木劍對準了站立男子的胸口。

只要被這劍給刺中，就算任何道行再高的妖魔鬼怪，恐怕命也去了一半。

木添向前一躍，跟著將手裡的劍往男子胸口一送，那男子竟然避也不避。

行了！

木添心喜，但是旋即啪的一聲，桃木劍筆直插在男人的身上，卻沒能刺進去。

「啊？」這一下讓木添嚇了一跳。

不管道行再高的鬼，這一下刺不進去也可以把他震退開來，可是男人卻挺直了胸膛，白了木添一眼。

就在木添還沒搞清楚這到底是怎麼一回事的時候，那男人伸出了左手，緊緊地握住桃木劍一扯，木添手上的劍就這樣被男子給奪了過去。

這一下來得緩慢，但是被眼前這突如其來的意外給嚇傻的木添，就這樣眼睜睜看著寶劍被奪走。

男人將劍朝後一丟高舉左手，狠狠地朝木添的頭上打了下去。

「唉唷我的媽啊！」木添叫道。

「痛不痛啊？」男子面無表情地問道。

木添抱著頭哀嚎，還沒來得及答應，胸口又被男子的手肘給撞了一下。

這一下痛到木添整個人坐倒在地上，一手摀著頭，一手抱著胸猛揉。

「我問你痛不痛啊！」男子抬起腳來，準備朝木添踹下去。

木添見狀，整個人趕緊跳了起來。

這時咬住男人右手的那個鬼魂竟然順勢就這樣抱住了木添，木添的雙手也一起被抱住，動彈不得。

那男人見機就是朝著木添的頭上一陣猛打。

「痛不痛？」男子一邊打一邊問：「這樣打痛不痛？」

「痛！痛！痛！」木添被打到頭昏眼花，趕緊求饒：「求求你別再打了！」

男子聞言才停了下來，示意要那咬住手指的鬼魂放了木添。

木添一掙脫開來，一連退了好幾步，一直到兩人拉開距離才停下來。

木添揉著自己疼痛的頭顱急道：「你怎麼這樣亂打人呢？你到底……是人是鬼啊？」

「我是人是鬼不重要，我問你，我這樣打你，合不合理？」

「當然不合理啊！莫名其妙就這樣亂打人，我又不認識你！」

「那就對啦！哼！」男子一臉不悅：「那我問你，剛剛被你打到魂飛魄散的那些鬼魂，你認識幾個？」

木添一臉茫然答道：「蛤？」

這是什麼問題？哪有法師收鬼還要認識鬼的道理。

眼看木添沒有回答，男子厲聲怒道：「認識幾個！」

「沒、沒，沒一個認識的。」

「我不認識你，打你就不合理，那你不認識這些鬼魂，卻隨便打鬼，這又合不合理？」

「這、這怎麼會一樣！我是人，他們是鬼，怎麼可以相提並論呢？」

男子不屑笑道：「所以你的意思是我現在宰了你，讓你變成鬼，我就可以隨便打你囉？」

「當然不行！我又沒做錯什麼事情？」

「那麼那些被你打的鬼魂又做錯了什麼事情？」

「他們……他們出來嚇人，把這裡的住戶都給嚇跑了，所以他們請我出來收鬼！」

「『出來』嚇人？」男子冷笑：「他們是從電視裡面爬出來嗎？還是從天花板上面爬下來？不過就只是被人看到，這樣也能說他們錯嗎？如果有人嫌你醜，那麼你上街被人看見了，是不是跟這些鬼一樣，『出來』嚇人呢？」

木添怒道：「你！」

「怎樣？還想被揍嗎？」

木添一聽閉上了嘴巴不敢說話。

「你走吧！這裡沒有你的事了。」男子冷冷地說：「不過我告訴你，你如果再這樣不分青紅皂白見鬼就打。我遲早會再找上你，下次我可不會讓你那麼好過了。滾！」

想不到自己原本還想要大展身手，現在卻被這不知道打哪裡冒出來的傢伙給教訓了一番，這是木添始料未及的。

木添落寞地將自己的東西收拾好，這是木添人生第一次感覺如此挫敗。

臨走前，木添回過頭看著男子問道：「你到底是什麼人？」

「哼，」男子冷笑：「想找我報仇啊？行！你記清楚了，我就是黃泉委託人。」

黃泉委託人？這是什麼奇怪的名號？

木添搖搖頭轉身離去。

從男人口中所報出來的名號，可想而知這傢伙一定是與鬼為伍，靠鬼騙吃騙喝的神棍。

換句話說，就是同行之中的邪魔歪道。

輸給這樣的男人，對木添來說是人生極大的恥辱。

與此同時，他也知道自己的能力還不夠，於是他決定回去師父的身邊，好好再學習個幾年，再來報仇。

那天，任凡在一位剛認識不久、自稱是『鬼半仙』的鬼魂協助之下，將風水重新整頓了一番，讓陰陽兩界的人重新可以在這間凶宅之下和平度日。

不知道內情的人，還以為木添的法力高強，將這些鬼魂全部一網打盡，準備了豐富的禮品想要答謝木添，才知道自從那天之後，木添也失蹤了。

第1章・科學辦案

1

人的一生之中，常常有許許多多的轉捩點。

有些時候是時勢所逼，有些時候是人生告了一個段落所必須面臨的轉折點。

大三的暑假，通常被大家視為人生中最後一個無憂無慮的長假。

從今以後，就再也沒有可以這樣悠閒的假期了。

這是人生最後一次可以享受假日時光的時刻，每個人選擇度過這段美好光陰的方法都不盡相同。

這一群大學生來自於同一所大學、同一個社團，他們藉由社團活動來迎接這個長假。

這一行六人，其中有四個是大三，即將在明年畢業。

他們的社團有個非常長的稱號，叫做「安地不可思議及光怪陸離同好會」。

乍看之下，彷彿是個專門討論怪力亂神的社團，但是關鍵就在那「安地」兩個字上面。

安地是翻自於英文的「anti」，簡單來說就是反對。

換言之，這根本就是一個百分之百科學，並且以破除這些迷信與不可思議等等為目的的社團。

這些社團平常聚在一起的時候，就喜歡上網找一些時下最熱門的都市傳說，然後仔細找出線索，破解這些傳說的神祕面紗。

從以前讓許多人產生恐慌的「紅衣小女孩」，一直到先前「西班牙車禍」的真實靈異事件，他們都成功破解，將它公諸於世。

而每當放暑假時，他們還會計畫進行「原野調查」。到許多謠傳的鬼屋或凶宅中，住上一夜，並且全程錄影，為的就是證明這一切都只是大家杯弓蛇影，自己嚇自己。

今年，他們規劃了一場前無古人、後無來者的旅行。他們計畫在鬼月的期間，來一趟七天七夜的鬼屋之旅，並且在這七夜之中，都將露宿在台灣最凶猛的鬼屋，並且在那裡面進行恐怖的遊戲。

這並不是這些人第一次做出這樣幾近荒唐的舉動，畢竟從蘇會長成立這個同好會至今也已經三年了。

唯一不同的是，這次很可能是同好會最後一次旅行聚會，因為過了今年暑假，同好會六個人中有四個人就是明年即將畢業的大四生，只剩下這學期才剛加入的兩個大一女生。

而且除了神經最大條的阿甘之外，所有人都知道，這兩個女生之所以會加入社團，完全是因為愛慕會長的緣故。

所以沒有人對這個社團的存亡懷有任何希望，不過這一點也不重要。

畢竟，他們寫下了讓自己可以自豪的歷史，這些行為將來都是可以跟子孫吹噓的事情。

曾經聽過有人說，當一件事情到了極致，就會形成一種藝術。

如果這可以說得通的話，那麼這個社團鐵齒的程度，也已經到了藝術的境界。

他們這幾天之中，不但住過了民雄鬼屋，還在裡面大玩抽鬼的遊戲。除此之外，他們也在成功鬼屋，玩過了繞房間的禁忌遊戲。更在經過一片墓地的時候，臨時起意玩起了抄墓碑的遊戲，臨走之前，幾個男生還在墓碑前面小便。

這七天之間，他們做了許多一般正常只要有點鬼神觀念的人，都會皺眉頭的事情，卻還引以為傲。

他們的種種行為對有任何一點信仰的人來說，根本就如同蒙著眼睛穿越高速公路般玩命。

七天下來，他們相安無事地完成了環島旅行，最後一天還在一片亂葬崗前舉辦烤肉慶祝大會。

四處蔓延的烤肉香，與旁邊一片死寂的墳場，出乎意外的契合。

大夥有說有笑，不斷說著整場旅程中，大家所做的荒唐事蹟，還將當時拍下來的照片拿出來回味。

「來！我們乾杯！慶祝這次旅程成功！」身為會長的蘇致河拿起酒杯站了起來。

大夥聽到之後，紛紛舉起了酒杯。

就在這個時候，一陣讓人毛骨悚然的笑聲從身後傳來。

「嘿嘿嘿嘿嘿嘿——」

只見坐在最後面的依依，搖著頭咧開嘴笑。

「依依，妳怎麼啦？」

依依臉上依舊帶著那詭異的笑容，雙手托住自己的腮幫子，然後奮力一扭，整個頭就像打陀螺般轉了兩圈。

依依的頸子發出了骨頭清脆的斷裂聲，脖子附近的肉也因此繞成兩圈，彷彿在脖子上套了救生圈。

所有人看到這情景無不駭然，眾人跳起來後動也不動地看著依依。

「嘿嘿嘿嘿嘿嘿——」

垂著頭的依依卻仍然發出那詭異的笑聲。

看到依依此舉的瞬間，雅欣全身顫抖，雖然現值酷暑，她卻全身發寒起雞皮疙瘩，寒毛也都豎了起來。

2

在與任凡聯手解決了小學生連續失蹤事件之後，方正迎接了自己人生以來第一個看得見鬼的鬼月。

原本已經逐漸習慣可以看得見鬼的方正，仍然被嚇得半死。

不管大街小巷，到處都充滿了人跟鬼。

這種鬼滿為患的景象可不是多看幾眼就可以習慣的。

光就數量來說，類似這樣的人潮除了遊行抗議之外，大概只有跨年夜的捷運站前與百貨公司的周年慶才可以看得到，更何況這些還是恐怖的鬼魂。

方正已經完全分不清誰是人，誰是鬼。

作夢也想不到，有個女鬼淑蘋賴著不走的家，反而是他鬼月時候唯一安全的地方。

或許是因為這裡有個女鬼在，其他鬼魂不敢亂闖進來，所以這些日子以來，方正只有待在家的時候，才敢拿下眼鏡跟耳塞。

再這樣下去自己的左眼跟左耳可能會真的憋出病來。

不過這一點也怨不了人，畢竟讓自己的左眼跟左耳可以看得見鬼影、聽得到鬼聲的，不是別人，就是他自己。

雖然在鬼月之初，方正順利解救出那些被誘拐的學童，可是犯人卻一直沒有抓到。

在方正的報告上，只簡單的敘述了一下他調查的經過，不過裡面造假的成分太高。畢竟方正不可能寫出「嫌犯是個女鬼，而且經過溝通，已經成為該間學校的守護靈，守護著該校的學生」這種報告。

所以關於嫌犯的部分，方正天馬行空的憑空捏造出一個嫌犯，全警局上下正在全力搜捕這個不存在的犯人。

為了救人而錯失逮捕歹徒的機會，這是方正為當時自己沒能抓到嫌犯所設定的藉口。

當然警方高層，對於能夠順利救回這些小孩，已經是大功一件，當然不會過問這次行動沒能順利逮捕到嫌犯的方正有沒有過失。除此之外，當時失蹤孩童之中還有現在正在當議員的父親，對方正更是讚不絕口，甚至還親自要求警政署長表揚方正，讓方正升等。

不過由於方正現在特殊的地位，本來就已經不在正常的警務系統之內，所以只有實質的加薪與授獎，「白方正特別行動小組」仍舊照常運作。

自從跟任凡相遇之後，人生宛如坐上雲霄飛車般的方正，終於獲得了短暫的假期。

話雖如此，但是對方正來說，這次的假期自己也算是被軟禁在家中，哪裡都不敢去。

原本計畫放長假到鬼月結束，誰知道才剛過中元節沒多久，就接到了阿宏的來電。

「白學長，署長下令要你收假。」

就這樣，方正結束了軟禁式假期，回到了局裡。

只是方正作夢也想不到，迎接他的會是如此難纏的事件。

3

「學長！」一看到快要兩個禮拜沒見的方正，阿宏喜上眉梢：「歡迎歸隊！」

與阿宏熱血沸騰的元氣相反，方正懶洋洋地打了聲招呼。

「真是不好意思，要打斷學長你休假，不過署長有令，我們『方正特別行動小組』又要出動了。」

方正張開了嘴，想要阿宏別再把這個彆扭的小組名稱給說出來，不過轉念又懶了，不管方正怎麼說，阿宏還是很引以為傲。

「這次是什麼案件？」

「一個大學生的離奇死亡案件。」

一聽到這次的案件又回歸到自己擅長的刑案，方正鬆了一口氣。

當案件牽扯到被害人死亡的時候，方正才有機會使用從任凡那邊得到的「陰陽眼」，獲得第一手的資訊。

「有什麼特別的地方嗎？」

方正之所以那麼問，是因為每天發生的命案那麼多，會被特別指派給「方正特別行動小組」的案件，肯定都有其特別之處，其中大部分都是關係到社會特別關切的案件，或者對警界聲望有損害的案件居多。

「被害者是一個學生，現在正值暑假期間，所以他們社團……啊，我看一下，」阿宏看了一下自己的手冊，皺著眉頭說道：「他們社團叫做『安地不可思議及光怪陸離同好會』，特別舉辦了一場旅遊。」

「蛤？那是什麼鳥社團？」方正表情誇張。

「就是專門破除迷信之類的社團。」

「喔，那叫破除迷信社不就好了！算了，那不是重點。」

「嗯，」阿宏用力地點了點頭：「他們社團喜歡找出一些關於靈異現象的時事，然後用科學的方法來破解它們，並且公諸於世。這次，他們的旅行聽說就是為了證明那些大家謠傳的鬼屋都是假的，所以才特別展開鬼屋之旅，專門挑這些鬼屋來住。」

或許，對半年前的方正來說，他會很贊同這樣的社團，可是偏偏對現在的方正而言，在被任凡打開那扇窗之後，一切都改變了。

這些大學生的行為在現在的方正眼中除了蠢字可以形容之外，沒有其他更貼切的字眼了。

「沒事找事做嗎？」方正一臉不悅：「大學生要嘛念書，要嘛盡情玩樂，沒事去住鬼屋，嫌自己活得太舒服嗎？」

阿宏搖了搖頭，似乎也對時下大學生的想法不甚了解。

「然後呢？」

「喔，事件就是在這趟旅程中，他們在烤肉的時候，其中一位女學生突然開始狂笑，然後扭斷了自己的脖子。」

「蛤？」

「當然，這是他們自己的口供，實際上的情況還要等法醫報告出爐之後才知道。」

「連法醫的報告都還沒出來，」方正疑惑：「怎麼就已經找上我們？」

一般來說，像這種案件多半都是辦到瓶頸，或者毫無頭緒，才會落到「方正特別行動小組」頭上。

「因為上層很重視這起案件，雖然現在報章媒體仍以意外來報導這起事件，但是因為這個社團，前些日子在許多知名網站，發文抨擊我們警方，辦案太過於迷信，到了現在還在相信託夢之類的事情。」阿宏講起來還有點忿忿不平：「所以上層有些人認為這起案件會不會是他們向我們警方所下的挑戰書，故意把案情弄得好像怪力亂神。」

方正聽了頗不以為然，畢竟這關係到一條人命，他不相信有人會為了這樣的理由而特別去殺人。

「所以這次長官有特別指示，一定要用科學的方法來辦案，而且所有的證據都必須有專家幫忙背書。不過這點我想學長你應該不用管，因為署長有說，這部分會由公關室幫我們弄好，我們只需要準備資料提供給公關室就可以了。」

方正一聽臉瞬間垮了下來。

一定要用科學來辦案？

方正之所以在這段時間爆紅，就是因為辦案的方法一點也不科學啊！這不是等於要叫方正拿石頭砸自己的腳嗎？

「我想啊，那些大學生還真是不知天高地厚！」渾然不覺方正臉色變沉的阿宏，一臉不屑地說：「沒出過社會！自以為是！根本就只是些井底之蛙！不知道這世界上人上有人、天外有天！在白學長的面前，搞這些小把戲根本就是班門弄斧！」

有別於阿宏的自信，現在的方正只覺得頭昏眼花。

姑且不論這些科學的證據要去哪裡找，就連現在正值鬼月的時候，想要脫下眼鏡跟耳塞都需要莫大的勇氣，更遑論調查這麼一起凶殺案了。

4

停屍間的燈光閃爍不已，就好像廉價鬼屋般照得走廊閃閃駭人。

「法醫就在裡面，」領著方正入內的員工，語調宛如死人般沒半點起伏，指著走廊盡頭說道：「你們直走進去，最後面那間就是了。」

方正看著閃爍的燈光，內心泛起了一股不安。

「這燈……」方正指著上面一閃一閃的燈光。

「壞了。」那員工面無表情答道：「看不出來嗎？」

方正吞了口口水，領著阿宏到走廊盡頭。

「你就是那個知名的白方正警官嗎？」

才剛走進屋內，就聽到了法醫的聲音。

法醫是個年約三十的女性，戴著眼鏡，穿著白色的醫師袍。

「妳好，我就是白方正。」方正點頭示意。

「嗯，」女法醫打量了一下方正，笑著說：「跟我的想像有點不太一樣，我還以為你會是個瘦瘦小小的宅男，想不到你的個頭那麼高大。」

方正搔了搔頭苦笑，他實在聽不出來女法醫所說的話究竟是褒還是貶。

「進去吧。」女法醫指了指後面的門。

女法醫領著兩人走到了後面的解剖室，解剖台上面躺著一具女大學生裸屍。

方正與阿宏一看到女學生的脖子，不自覺地倒抽了口氣。

「很驚人吧？」女法醫笑著說。

「她、她的脖子到底怎麼了？」方正指著女大學生的脖子。

「你沒有擰過毛巾嗎？」

「蛤？」

「她的脖子就像擰毛巾那樣，被人扭了兩圈，所以才會變成這樣。」

方正與阿宏張大了嘴，盯著女大學生那兩圈肉圈。

「死亡原因就跟你們所看到的一樣，頸椎斷裂造成。」

「法醫，」方正苦著一張臉：「人有可能自己扭斷自己的脖子嗎？」

「當然不可能！」女法醫一臉不屑，似乎方正的這個問題很低級似地回答：「不要說扭斷自己的脖子，就算是想要掐死自己，單純就力道來說，雖然是有可能的。但是實際上，當腦部缺氧的時候，連帶會讓你的雙手無力，所以不太可能可以掐死自己。」

「嗯。」

女法醫皺眉，搖了搖頭說：「光掐死自己都不太可能了，像這樣要把人的脖子扭兩圈，我想就算是扭別人的也不太可能可以做到，而且非常多此一舉。」

「喔？」

「我會說不太可能的原因，是因為骨頭沒有那麼脆弱，再加上肌肉也是有韌性的。光是想要扭一圈，就需要非常大的力量了。而扭了一圈之後，人斷了氣，骨頭斷了，肌肉也鬆弛了，要扭第二圈相對的就比較不費力了，所以根本不需要扭兩圈，也能達到殺人的目的。」

「如果是五個人合力呢？」

「如果是一堆人合力，當然有可能，不過我想也沒有那麼簡單，五雙手同時放到一顆頭顱上，不但施力點不好找，使力的時機和強度還要互相配合才行。」

女法醫靠近女學生，稍微轉動了一下女學生的臉，此舉讓方正與阿宏縮起了肩膀，一臉緊張。

「而且如果真的是靠蠻力，他們在施力的時候，肯定會在臉上留下痕跡，可是你們看，她臉上一點瘀青也沒有。」

方正陷入沉思，然後點了點頭拿起法醫的驗屍報告：「其他的都在報告裡面？」

女法醫點了點頭。

方正示意了一下阿宏，然後兩人準備離開法醫室。

「加油啊，知名的白警官。」女法醫神祕地笑著：「我可是很期待你的唷。」

好像想到了什麼，方正回過頭來，沒待方正開口，女法醫笑著回答：「我叫做溫佳萱。」

從供詞上面來說，所有在場的人口徑都是一致的，都說是被害者自己將自己的脖子給扭斷。法醫的報告算是證實了這點，死因的確是脖子被扭斷，然而問題就在於下手的真的是被害人自己，還是其他人聯手。

如果單憑方正自己的感覺，這件事情只要到現場詢問一下被害人自己，應該就可以解決了。

可是現在正值鬼月，案發地點又在南部，方正希望這是最後不得已的時候才拿出來用的手段。

再加上這次上級又希望可以有一些科學依據。

對方正來說，現在能做的就是先就已知的事實來找尋線索。

這本來就是最土法煉鋼的方法，也是在方正沒有陰陽眼之前，最擅長的方法之一。

在這起案件之中，姑且不論到底是自己還是他人加害的，單論將人的頭給扭斷，到底需要花多大的力氣。

方正在鑑識小組的協助之下，找到了一家鐵工廠。

聽說裡面有可以專門拿來扭斷鋼筋的機器，不但如此還可以計算出實際上所需要的力道。

於是方正有了一個想法，他希望撇開一切生理與想像，單純計算一下將人的頭顱扭兩圈需要多少力道。

如果力量在可以接受的範圍之內，或許這件案子還有一點可以辦下去的空間。

方正請鑑識小組弄了一個模型，硬度跟人骨差不多。

可是實驗還沒到成功，他的臉就已經綠了。

因為光是扭斷脖子到一百八十度，就已經需要一百多公斤的扭力了。

更何況是扭動自己的脖子呢？

一個女孩子到底哪來這種力量？

就算是其他人加害的，恐怕也需要找到東西來固定身體才有可能做到。

然而最後的問題也跟法醫所說的一樣，一定可以在身體上找到施力時候所造成的傷害。

走出鐵工廠的同時，方正幾乎已經斷定，這件案子想要用科學辦案的方法來偵破，是一件不可能的任務了。

第2章・厲鬼索命

1

離市區約十公里遠的郊區山上，比鄰而立的是一棟棟豪華的宅邸。

這裡可以鳥瞰整個台北盆地，讓人有置身於天堂向下看著人世間庸庸碌碌的錯覺。

然而這裡平時並不是這些屋主的住處，只是用來度假的別墅。

簡佳茗的父親將他從大學接回來之後便安置在這裡。

「輪到我了……下一個一定是我，我不想死啊！爸爸！」這時的佳茗精神狀況已經極度不穩定，他抓住父親的西裝，死命的要父親保護他。

佳茗的父親是個企業家，從小對佳茗的教育甚嚴，把他當成了自己的接班人般培養。

看到佳茗現在的模樣，就好像一把刀往心裡挖。

他將佳茗安置在這裡休養，除了請來最好的精神科醫師與看護，一起進住照顧，也擔心真的有什麼不明人士潛入，而請來了自己最信賴的保全公司駐守看管。

這些保全可不像一般公寓大樓的管理員，他們是經過精挑細選，由退休國安人員所組成的，堪稱是菁英中的菁英，而現在就如同保鑣般維護著佳茗的安全。

因地處山區，這裡到了夜晚不僅缺乏路燈的照明，非假日時四周原本氣派的豪宅更是昏暗得有如鬼屋一般。

為了顧及安全，佳茗現在的居所徹夜點燈，即便就寢也不能熄滅任何一盞燈，整座別墅就這樣燈火通明。

佳茗的父親特地在別墅的各個角落都裝上了監視錄影機，而屋子裡除了醫生、看護和佳茗的臥房，以及浴室廁所這幾個需要有隱私的地方，其餘無處不被監控。佳茗房門口的走廊與外面的陽台更是不惜成本加裝了最高級的紅外線監視器，再加上保全人員二十四小時輪班守衛，戒備非常森嚴。

只是佳茗的父親作夢也沒想到，找上自己寶貝兒子的卻是這些退休的國安人員無法對付的惡鬼。

「有……有鬼啊！不，別過來！佳茗救我！哇——」

一個禮拜前的慘叫聲，至今仍烙印在佳茗的腦海中揮之不去。

因為依依的死，夥伴們個個神經都變得緊繃，社團的宗旨也正逐步瓦解中，身為公關的佳茗為了避免大家繼續胡思亂想，他決定負責聯絡安撫社團成員們，於是便一一打電話給大夥兒提振精神。

豈知在佳茗與阿甘通話快結束前，卻聽到話筒的另一端傳來一陣慘叫。

心急的佳茗急忙趕過去，看到的卻是身形已經變得像扯鈴一般的阿甘，一動也不動的躺在床上。

有如扯鈴線的被單緊緊纏繞住阿甘的腰部往兩邊拉扯，佳茗可以想像當時阿甘的表情肯定比十六世紀穿束腰的歐洲淑女還要痛苦好幾萬倍。

阿甘的腰已經被擠壓到跟佳茗手臂的粗細差不多，不但眼球和舌頭向外突出，七孔流血，嘴邊還明顯留有一大坨嘔吐物和疑似膽汁的黑色液體，下體則混雜著排泄物。

一想起阿甘的死狀，又讓佳茗感到反胃作嘔。

原本以為依依是突發的精神異常，或是腦功能有什麼損傷，才會忽然產生如此的怪力與自殘行為，想不到過沒幾天，當晚同遊的阿甘竟也跟著離奇死亡。

如今佳茗已經深信鬼魅的存在，別說是什麼科學之子了，就算是愛因斯坦，恐怕也會上廟去求符了。

可是偏偏整起事件說起來太過於詭異，有沒有人相信都是個問題了，光是自己跟那些同學所做的事情，一說出來說不定連法師都會被氣死。

眾人這趟旅行所做的事情，犯下的禁忌之多，早就連佳茗自己都難以說清楚了。

就算看個醫生，醫生也會問哪裡不舒服，如果連病人都不知道自己哪裡不舒服，這叫醫生從何醫起呢？

窗外一片寧靜，雖然整棟別墅光是保鑣就超過了十人，可是終究是遠離都市的郊區。

在這樣人煙稀少的地方，佳茗一點安全感也沒有，感覺自己有如已經落入敵人手中的獵物，隨時處於任人宰割的情況。

他像隻飽受驚嚇的小動物般，無時無刻不戰戰兢兢地環視周遭的動靜。

進住到這棟別墅已經度過了兩個夜晚，佳茗將窗簾拉上，對於窗外那一片黑茫茫的景象，即使看再多次也不會讓他因習慣而安心。

現在就連微風輕拂樹梢，那溫柔搖曳的樹影都足以讓早就嚇破膽的佳茗感到不寒而慄。

在這裡的晚上，佳茗所需要做的事情只有洗個澡然後早早睡覺去。

雖然醫生特別吩咐要早點上床睡覺，不要勞累了身心，但佳茗總是輾轉難眠，直到天空微微亮起曙光。

陽光終於在漫長的夜晚過後又重新灑在窗簾上，佳茗才能稍微卸下恐懼的心理，拖著疲憊的身體，漸漸入眠。

「佳茗，水放好了，去洗澡吧。」連熱水都不敢讓佳茗自己放，如同女傭般的看護在臥室門口說道，深怕有任何一點意外發生，那可不是她能交代的。

幾乎足不出房的佳茗，在看護和保全的陪同下到浴室去洗澡。

只要出了房門，看護和輪班的一名保全一定會陪在佳茗身邊，一個負責服侍照顧，一個負責保護他的安全。

對於這樣的生活，佳茗感到相當不自在，因此就算不是為了自己的安全，他也不想步出房門。只有在房間裡與洗澡的時候佳茗才能享受一個人的自由。

洗完澡回到位於二樓的臥室，裡面的擺設簡單樸素，一張柔軟的雙人床就擺在房間的正中間，偌大的衣櫃平行立於床頭櫃旁邊緊貼著牆壁，衣櫃的對面架著一面比自己體型還要大一些的鏡子。床的另一邊則是整套符合人體工學的木製書桌和座椅，而床腳的牆上掛有五十二吋的電漿電視。

臥房裡唯一最具危險性的東西，就是在房門的正對面，也就是房間盡頭的那一整片玻璃落地窗。

因此在這片落地窗的正下方，佳茗的父親安排了兩名保全警衛看守著。

早在學校住宿時就已經戒掉看連續劇的習慣，佳茗已經有好長一段時間沒有看電視了。

擔心害怕地窩在被子裡打轉，不如開電視來看，說不定還可以轉換一下心情。

就在佳茗這麼想的同時，他已經把電視打開了，還來不及轉台，這個節目立刻吸引了佳茗的目光。

「我朋友是個很鐵齒的人，他一向認為這世界上絕對沒有什麼鬼啦、神啦那些沒有科學根據的東西存在，每次看到那種什麼乩童被上身之類的，都說那一定是演戲騙人的。」女性來賓喝了口水繼續說道：「結果有一次他跟朋友去民雄鬼屋觀光……」

「去那種地方觀光喔？」主持人一臉驚訝地問特別來賓。

「也不能說是觀光啦，就是去那邊看看，因為很有名嘛！」女來賓的手輕輕向主持人揮了一下，示意她了解那個意思就好。

「然後他想說也沒什麼，想在那邊拍照留念，證明他去過那裡，什麼事都沒發生。結果回去之後，當天晚上他就忽然臥病不起，他家人還叫救護車掛急診，醫生看完之後完全找不出原因，可是他也不是裝病，臉色就一直很難看，沒辦法站起來，也沒辦法講話。」

「那怎麼辦？後來怎麼樣？」主持人一臉憂心的問。

「後來他的家人覺得一定是去那個鬼屋才會出事，所以就去廟裡請法師來看，然後，真的很玄，法師幫他作完法之後不到一天喔，他就痊癒了，好像那場病從來沒發生過的感覺。」來賓說得口沫橫飛，好像深怕在場沒人相信她的話似的。

「他是不是做了什麼觸犯凶靈的事，遇到像這樣的情況該怎麼辦，老師？」主持人轉過頭去詢問在場的另一名來賓，似乎是靈媒法師之類的。

以前對這類節目根本不屑一顧的佳茗，此刻卻目不轉睛地盯著電視，豎耳傾聽那位所謂的老師講話。

「咎由自取？」

「嗯？」佳茗發出了疑惑的幽鳴。

「你……不是想見我嗎？」

佳茗晃了晃腦袋，認為自己聽錯了，想把自己弄清醒一點。

「我這就來了，你等著吧。」

佳茗瞪大眼睛看著螢幕，這老師到底在說什麼？

他明明就怪怪的，為什麼主持人跟其他來賓都沒什麼特別的反應，還邊聽邊點頭呢？

原本想看看老師會提出什麼好建議可以解救自己的，想不到愈看反而讓他愈加恐懼。

佳茗拿起遙控器，往後退了兩步，想要轉台遙控器卻怎麼按都沒有反應。

不會吧，沒電了嗎？

佳茗鼓起勇氣，一邊注意電視上老師的反應，一邊好像殺人凶手就在身旁般，小心翼翼地往電視移動。

「嘿嘿……」老師忽然低下頭發出了詭異的笑聲。

一聽到老師那令人發寒的笑聲，佳茗冰冷顫抖的手立刻像子彈般快速射向電視上的選台按鈕。他發狂似的不停地重複按著電視上的選台鈕，卻怎麼也轉不了台，不管是音量或電源的按鈕也都失效了。

「被人欺騙殺死很好玩是吧！」老師轉過頭來，瞠目咧嘴對著佳茗大叫。

啪——

佳茗索性拔掉電源插頭，終於把電視給關掉了。

四周一片死寂，仍然心跳加速忐忑不安的佳茗，連滾帶爬地躲進被窩中，老師的話語和舉止殘留在腦海中揮之不去。

叩叩——

敲門聲讓過度驚嚇的佳茗整個人跳了起來。

「怎麼了？還沒睡？」看護被佳茗的反應嚇了一跳，眼睛掃視了一下房間四周問道。

「要……要睡了。」佳茗先是愣了一下，然後輕輕地點了個頭。

佳茗想起了這是這兩天來例行性的查寢，看護睡前會先來看看自己的狀況，而先前佳茗為了避免麻煩所以都會裝睡。

「沒事的話請早點睡吧。」看護掛著憂心的神情溫柔地說。

佳茗點了點頭，蓋上棉被轉向另一邊，背對著門口的看護，沒有看到她那詭異的微笑。

「晚安。」看護輕聲說道，順手將門帶上。

喀嚓——

嗯？怎麼？

佳茗內心一驚，立刻爬起來查看房門，這是一道由內由外都可以上鎖的門。

為什麼要鎖門？

雖然從裡面也可以打開，不過佳茗還是有種不好的預感。

他先將鎖打開，然後轉了轉門把。

不會吧？鎖明明已經開了啊？為什麼打不開！

「喂！喂！外面有沒有人啊？」佳茗心急地搥打著房門大叫。

「搞什麼！警衛都在幹什麼啊！不是應該有人在外面巡邏嗎？」

「人再不過來你們明天就等著喝西北風吧！聽到沒有！」

不管佳茗怎麼吼叫，依然像與世隔絕一樣，門外完全沒有任何動靜。

「操！」佳茗又氣又急，用力踹了房門一腳。

落地窗！

佳茗很不願意拉開落地窗的窗簾，外面那伸手不見五指的黑暗總讓他頭皮發麻，起雞皮疙瘩，但現在也已經別無選擇了。

雖然只是被鎖上門，但無法與外界聯絡還是讓佳茗感到不安。

他拉開窗簾，準備將手伸過去打開落地窗的鎖。

嚓——嚓——

「哇！」忽然從身後傳來的電視聲讓佳茗驚呼一聲，立刻回過身去。

沒有插電卻莫名其妙自動開啟的電視螢幕上顯示著一片雜訊。

佳茗想起以前和朋友們一起去看七夜怪談，還曾經笑說如果貞子真的存在還真想跟她合影留念，但現在的他可是一點興致也沒有。

啪嗒——

還來不及處理電視機與自己恐懼的心情，從落地窗外又傳來了奇怪的聲音，佳茗全身直冒冷汗，緩緩回過頭去，一隻慘白的手正抓著落地窗外的欄杆，一副正在往上，準備攀爬過來的樣子。

人在極度的恐懼之下，可能放聲尖叫，也可能像魚刺鯁住喉嚨般完全發不出聲音來，而此時的佳茗便是後者。

佳茗發揮求生本能，用飛快的速度拉上窗簾，抓起被擱在桌上的手機，毫不考慮拔腿就跑進衣櫃，這麼大的衣櫃就算躲上三個大男人都不成問題，他撥開大衣和外套，藏身在衣服後面。

自己人絕不可能從落地窗爬進來，而且那隻毫無血色的手，怎麼看都有問題，如果只是一般小偷的話，此時的佳茗說不定會抱著那小偷高興地痛哭。

喀啦——咚——咚——咚——

落地窗被打開的聲音，以及那踏進房間的腳步聲，每個聲響都顫動佳茗的心。

整個房間一眼望去，能躲的地方也只有一個，佳茗因為驚慌直到現在才發現自己竟會如此的愚蠢。

佳茗拿起手機一邊撥打簡訊向會長求救，一邊拚命向自己過去從來不願相信的神明們祈禱。

砰——砰——

衣櫃的門一扇扇被開啟，櫃子裡的抽屜也被拉開。

砰——

最後一扇衣櫃門終於被打開了，佳茗透過衣服間的隙縫，眼睛連眨都不敢眨一下地直盯著面前這個身形消瘦、臉色慘白的女鬼。

跟電視上看到的那些女鬼模樣還真像，雖然以往都是笑看鬼片，認為那些鬼怪看起來一點都不可怕，然而實際上真的遇到了卻覺得無比駭人。

「衣櫃裡的東西，應該摺好才是，怎麼可以亂塞呢。」女鬼透過縫隙，歪著頭目光凶狠地瞪著佳茗說。

佳茗知道自己已經被發現了，嚇得雙腿無力，像毛毛蟲般蠕動，想要逃脫出去。

女鬼瞬間臉色大變，由慘白瘦弱變成青面獠牙，伸出手上的指爪掐住佳茗的脖子，拔蘿蔔似的用力將佳茗抽出衣櫃。

佳茗毫無抵抗之力，連求饒的聲音都發不出來，整個人被反壓在地上，面部朝下，女鬼一手抓住脖子當壓制點，另一手則不慌不忙地先將小腿往後摺，讓筋骨一向很硬的佳茗痛得漲紅了臉。

「衣櫃的東西要摺疊好啊。」女鬼面無表情地說著，繼續動作。

小腿摺完了換大腿，「啪」的一聲，髖關節整個斷裂粉碎，佳茗痛得眼淚像洩洪的水庫般飆了出來。

被摺了三摺，佳茗的腳掌貼著屁股，膝蓋緊緊頂著他的背脊，這已經不是體操選手或李棠華特技團可以做到的動作了。

女鬼滿意地看著自己的作品，嘴角微微上揚，只剩最後一個步驟了，她將佳茗的頭倏地往後一扳，斷裂的頸椎癱軟，後腦勺就這樣輕輕的被平行放置在膝蓋旁。

次日，新聞版面出現了幾個斗大的字樣：「男大生被摺成豆干，離奇死亡！」

已經快到中午吃飯時間，看護不見佳茗起床，到房間查看，並沒有發現佳茗的身影，只有電視機開著，正在重播昨晚的靈異節目。

看護心急地找遍各個房間，保全人員和醫生也四處搜尋，最後佳茗的身影才終於在他的臥房衣櫃中被發現。

但一切為時已晚，佳茗像軍營中的棉被，被摺成像豆干一樣，且反摺的屍體已經有如真空包裝的豆干般僵硬。

「佳茗啊！為什麼會這樣！你們這些人到底是怎麼顧的啊！虧我還花大錢請你們來，結果換來的卻是我寶貝兒子的冰冷遺體！」佳茗的父親趕到後放聲痛哭，不忘責備身邊的保全和看護。

「昨天並沒有任何異常。」看守大門的保全率先開口。

「我這邊也是，一切正常。」負責守佳茗房間陽台正下方的保全也跟著附和。

「我們也沒看到任何可疑人物。」房子裡的巡邏警衛非常肯定的回答。

保全們你一言我一語的，雖然不是想推卸責任，但他們真的沒有發現任何異樣。

「我昨天去巡房的時候，佳茗把門鎖起來了，我有特別靠近房門聽聽看，房間裡非常安靜，一點聲音也沒有，我想他應該是已經睡了吧，所以就沒進去看……」看護說到這裡不禁掩面啜泣：「早知道我一定去拿鑰匙，不，不管怎樣都要破門而入！」

「不管你們怎麼說，我兒子已經死了是事實，你們全都應該負起責任！」佳茗的父親抓住其中一名保全的衣領，對著眾人怒吼。

「先生，您先冷靜一點，佳茗……該怎麼說呢，他的死狀看起來相當不自然，不像是人為——」醫生話還沒說完立刻被中斷。

「你們通通都給我滾！不要再出現在我面前，否則我見一個殺一個！」佳茗的父親自己心裡也明白，兒子的死說不定不是科學所能解釋的，但痛失愛子的他現在根本無法保持理智。

成立社團是一件非常辛苦的事情，尤其在學校沒有允許支持之下還硬要成立的地下社團，沒有幾近狂熱的熱情是無法做到的。

蘇致河就是這樣的人，就讀物理系，不但不相信任何科學無法解釋的事情，甚至到了鄙視的地步，認為相信任何怪力亂神的人，不是腦袋有缺陷就是懦弱無能。他會擁有這樣的想法其實是一種仇恨，也是他生父唯一留給他的東西，只是他自己不知道而已。

在他六歲的那一年，他的父親拋家棄子，只因為篤信算命師告訴他，自己的妻子有剋夫命，必須遠離。

致河的母親重病時他通知父親，想不到父親竟絕情到完全不屑一顧，一次也沒去探過病，連透過電話關心也沒有。

在母親病逝後的喪禮，父親雖然到場，卻草草上個香就走人，離去前還與陪同前來的友人有說有笑，好像巴不得這個女人快點死掉，現在終於如願了似的。

致河恨自己的父親如此盲目相信算命，恨那些不存在的鬼神，它們讓人變得愚蠢，做事一點道理也沒有，對他來說，信仰本身就是一個最大的騙局。

所以當他聽到外婆因為八字不合的關係而反對小舅舅的婚事，致河根本不管那是自己的親人且又是長輩而對外婆破口大罵，這讓外婆大發雷霆。

雖然影響了家族之間的和諧，但致河認為這件事自己並沒做錯，有如此迷信的外婆令他不齒，他寧可斷絕祖孫關係。

「真的有鬼！會長救命！」

收到這樣的簡訊，「啪」的一聲，致河將手機重重摔在地上。

「是怎樣！大家都變得神經兮兮，這世界上根本沒有鬼這種東西！」致河咬牙切齒，用手搥了牆壁一拳，怒視著自己的手機。

即使最近致河愈來愈常聽到奇怪的聲音，眼角餘光似乎也不時瞄到詭異的影像，但他仍堅信這是因為失去朋友，過度傷心疲倦而導致的幻覺。

依依的死亡原因他已經和佳茗討論過了，兩人認定是腦部病變的關係。

而阿甘的死，佳茗則完全無法接受，因為當時佳茗正在和他通電話，知道阿甘的身邊並沒有人，再者，阿甘最後所講的話令佳茗非常介意。

自從阿甘死後，佳茗變得愈來愈奇怪，致河也因此和佳茗漸行漸遠，原本以為佳茗是唯一真正的同好，想不到他竟然會如此輕易地相信鬼的存在。

致河不相信警方的說法，認為一定有人不著痕跡地入侵阿甘的房間，然後利用什麼工具或是真的力大無窮把他勒死的。

愈想心情愈煩，為什麼周遭總是有一堆不科學、不理性的人？

翻來覆去一整夜沒睡好，昨晚一氣之下把手機螢幕摔壞了，沒辦法找到佳茗的電話回撥，原本想去看看他到底怎麼了，卻又想起幾天前佳茗已經搬到別的地方去住了，自己並沒有佳茗現在的住址。

「哼，怎麼可能真的有鬼。反正佳茗自己也說他爸請了很多人在保護他，不會有事啦。」致河這麼想，決定出去打打球散心，他把籃球掛在摩托車上，躍上車，油門一催，揚長而去。

疾駛上高架橋，放眼望去竟一部車都沒有，今天是什麼日子？上班族不會也跟著放暑假吧？難道是他沒看到道路施工或封鎖需要改道？

平常路況不好的時候頂多也只需要花三分鐘就可以下橋，現在少說也已經過了十分鐘了卻遲遲看不到下橋的道路。

一定是因為沒有車的道路看起來變空曠了，所以才會感覺騎了很久還沒有到，實際上自己一定才剛上橋沒多久，致河不改臉色，直到油箱終於見底。

「幹！最近到底是在衰三小！」致河把機車停在橋邊，踹了機車一腳，不爽地說。

深深嘆了口氣，稍微調整心情後，致河站到摩托車的右邊，兩手分別抓住龍頭兩邊的握把，無奈地牽著機車走。

今天的摩托車好像變得特別重，是錯覺嗎？

致河很自然地順勢回頭一看，不得了，後座竟坐了個女人！

「嗚！」致河忍不住從喉頭發出了沉吟。

從剛剛到現在都沒有任何人車經過，這女人究竟是什麼時候出現的？

「妳……是誰？」致河吞了吞口水。

等了半天，女子完全沒有回話，依然靜靜地坐在上面。

她看起來明明是相當瘦弱的樣子，機車卻比平常重了兩倍。

不想待在橋上，致河沒有停下腳步，也懶得跟女子爭執，繼續牽著摩托車牛步前進。

一定是我太累了，根本就沒有人在我的機車上，對！一定是這樣！

致河說服了自己，恍然大悟般點了點頭。

走了好一段路後，終於看到下橋的道路，就在下坡的一瞬間，原本淨空的橋上，忽地變得車水馬龍，一輛輛汽機車從旁行駛而過，而他的車也「如釋重負」，回到平常習慣的重量。

車上的女人不見了，橋上湧出的車潮，這些情景讓致河愣了一下，致河鐵青臉色，將一切視為只是自己以前沒有遇過的正常現象，以及身心狀況不佳所導致。

找了最近的加油站加滿了油，便立刻前往目的地——自己最常去的籃球場，那裡向來都沒什麼人，不用搶籃球架，可以盡情的打球，發洩情緒壓力。

果然，今天也只有四個人在，他們似乎是一夥的，只用了一個籃球架。不理會那群人，致河隨便挑了個籃框，逕自打起球來。

咻——咚——

又一個漂亮的空心球，連續投進好幾球後，最近總是緗著一張臉的致河露出了滿意的笑容。好！今天就打個痛快，來挑戰自己連續進球的最高紀錄。

當球再次回到自己手中的時候卻有種詭異的觸感。

「哇靠！」此時致河手上拿的不是籃球，而是捧著一顆還在滴血的人頭。

致河不假思索，用力把球丟開，直直砸中正在另一邊打球的四人之一。

驚魂未定的致河順口喊了聲抱歉，打算立刻調頭走人。

「喂！不一起玩嗎？」被砸中的男子叫住致河。

突如其來的邀約讓致河停下腳步，但現在已經完全沒那個心情打球了，他禮貌性的回過頭去想要推辭。

話還沒說出口，致河已經被眼前的四人嚇傻了。

一個赤裸著上身，腰部充滿皺摺且纖細到可以一折就斷的男子，正抱著剛剛被自己丟掉的頭顱，而旁邊則站著一個脖子被一百八十度扭轉到背部的女人，以及一個像木偶般全身關節骨折的男人，這三人的臉對致河來說並不陌生，他們正是自己的社團成員。

但最讓致河感到毛骨悚然的則是那一步步走向他，身上刺滿了玻璃碎片的男子，這個人居然長得跟自己一模一樣，唯一不同的是，男子的其中一隻眼睛被挖去成了一個黑色的窟窿。

致河以破紀錄一百公尺不到十秒的速度狂奔回自己的機車，一路上更以時速將近一百公里的高速飆車回家。

這是致河第一次體會到什麼叫做落荒而逃，也終於證實了人一心急緊張，刺激腎上腺素後可以發揮無限的潛能，但唯一讓他不明白的是為什麼會看到那樣的景象，雖然很想歸因於幻覺，但他從來沒有如此清晰的幻象。

仔細回想，剛剛那叫住自己的，聽起來的確像是阿甘的聲音，而其中的一男一女也正好是依依與阿甘死時的模樣。

如果真是這樣，那麼佳茗已經死了？

自己的死期也將近了？而且死狀會像剛剛看到的那個長得像自己的男人一樣？

「哈哈哈——」想沒多久，致河忽然笑了出來，對自己搖了搖頭。

愚蠢！什麼預知，什麼鬼魂，通通都是虛構的東西，根本一點科學根據也沒有。

這是對依依和阿甘的死狀印象太過深刻，然後因為佳茗的簡訊，讓自己無意間幻想勾勒出佳茗和自己的死狀，一切都是潛意識作祟！

匡啷——

房間的玻璃突然碎裂震開，桌上的東西全都無故騰空飄起。

眼前的景象讓致河看傻了眼，不一會兒回過神來，他用力拍了拍自己的臉頰，想把自己打醒，卻發現自己意識非常清楚，而且也有痛覺。

看來這不是假的，不過這些絕對都可以用科學來解釋，只是自己還沒想到罷了。

玻璃！

「我不可能被玻璃刺傷……」致河想起在籃球場看到的自己，立刻奪門而出。

一時也不知道要去哪裡，致河先按了電梯，樓層顯示從一樓開始慢慢升起，要到達致河住的十樓需要一小段時間，正好可以讓他趁機考慮一下。

「搞什麼！在搬家嗎？電梯是你們專屬的啊！」

等了老半天遲遲不見電梯到來，致河開始喃喃自語的抱怨，樓層顯示從剛剛就一直停留在四樓。

算了，走樓梯好了，雖然是十樓但下樓梯並不會太累。

「唔——」

致河走到樓梯口，一眼看見樓梯間的轉角站著一個女人。

她也等不到電梯所以走樓梯？走累了在休息？

看她臉不紅氣不喘靜靜站在那裡的樣子，一點都不像是爬樓梯爬累的人，致河定睛仔細一看，這不就是早上無緣無故坐在自己摩托車上的那個女人嗎！

正當致河想要好好問個清楚她到底是誰的時候，女人以飛快的速度朝致河直撲而來，反應不及，致河被一把抓住撞上了牆壁。

當致河意識過來時，他的脖子被女人冰冷的雙手緊緊掐住，且自己的雙腳竟是離地的，這女人哪來這種怪力？

「沒有鬼是嗎？那就用你的死來證明我們這些鬼的存在吧！」女人抬起頭來，雙眼充血，從口中吐出獠牙，面露詭異的笑容對致河說。

管她是人是鬼，只要生命一受到威脅，會想盡辦法求生是人的本能反應。

致河使盡吃奶的力氣奮力掙脫，往下的路被女鬼擋住，堅持要遠離玻璃不回家，這下只有往樓上衝了。

一路衝到十五樓頂樓，回過頭，女鬼就緊跟在自己後面跟著上來了。

這幾天以來，致河一直都是這麼疲憊的度過，但他始終歸因於幻覺，直到今天，這個「幻覺」竟威脅到他的性命，致河認為自己已經病得不輕了。

「不可能，絕對不可能，我死也不會承認這世上有鬼，妳不是鬼，妳也絕對不可能殺死我，什麼命運、什麼死期全都是騙人的，只有我可以決定我自己的生死！」致河對著女鬼咆哮。

與其被眼前這女人殺，不如自己結束生命，要致河說這世上有鬼，不如叫他去死還比較容易。

不能接受自己這樣病入膏肓，致河憤而跨過欄杆，雙腳往前一蹬，如預期中踩了個空，致河從五十公尺高的樓頂直直墜落。

籃球場上的另一個自己怎麼看都不像是墜樓身亡的樣子，那果然只是自己的胡思亂想，現在也看不到那個女人了，什麼鬼怪果然都是自己腦中虛構出來的。

「媽媽……」小男孩拉扯著母親的衣服，將手指向天邊：「那是什麼？」

「哇！」往兒子手指的方向看去，一個人影就這樣從空中掉了下來。

這位母親用手遮住兒子的眼睛，不願讓兒子看到接下來的可怕畫面，她將孩子帶到轉角看不到的地方後，立刻拿起電話報警。

乓唧——

致河撞破了一樓突出的壓克力遮雨棚，渾身刺滿了壓克力碎片。

一聲巨響吸引了所有人的目光，附近人家也全都跑出來一探究竟。

剛剛率先報警的那位母親，湊過來查看時不忘遮住兒子的眼睛，但面對眼前不可思議的景象，她張大了嘴愣在原地不動，不管兒子怎麼叫遲遲都沒有反應。

只見遮雨棚破了一個大洞，除了滿地的碎片，什麼東西都沒看到。

眾人一擁圍觀，議論紛紛。

致河感覺全身骨頭都快散了，他張開眼睛，一眼就認出這裡是距離自家公寓約五百公尺遠的小公園樹叢裡，為什麼自己會在這裡？

「唉呀，醒了啊。」

強烈撞擊所造成的傷害讓致河無法移動，只能把頭轉向聲音的來源。

「我……」

「就在你要撞到地面摔成肉醬前，我把你救回來了，要拎著一個七、八十公斤的男人快速移動到五百公尺外的地方，其實也不是那麼容易啊。」

致河眨了眨眼睛，仔細端詳這位救命恩人。

「妳……」致河驚訝得連話都說不清楚。

「還好你還活著，就這樣死掉的話……就不好玩了。」救命之人回以微笑，看到致河那怨恨的表情，她緩緩說道：「真的這麼不想看到我的話，就把你的眼睛挖出來吧，這樣你就看不到鬼了，否則，你不承認我們的存在就只是睜眼說瞎話而已，不是嗎？」

自己打出生以來就一直堅持的信念正一步步被瓦解，現在竟然還淪落到讓鬼來說教，開什麼玩笑！

「要我聽妖魔鬼怪的話，我呸，下輩子吧。」致河費了好一番力氣才擠出話來。

「喔，終於承認有鬼啦？」

「哈，我竟然和自己的幻覺對話，真可笑。」事到如今致河依然死鴨子嘴硬。

區區的人類竟然對鬼嗤之以鼻，如此不敬，眼前的羸弱女子再次化身為青面獠牙的厲鬼，伸出她細長尖銳的指甲，朝致河的眼睛戳去。

「就拿你來殺雞儆猴吧，鐵齒的人最後被鬼殺死！」

致河及時轉身，讓女鬼的手直直戳到土裡，自己則趁機匍匐逃開。

知道現在的自己根本逃不掉，原本就已經奄奄一息，致河一邊用力咬自己的舌頭，一邊用頭不斷地猛烈撞擊旁邊的樹幹。

致河意識逐漸模糊，從額頭上流下一絲絲血液，舌頭也冒出了鮮血。

就在快要昏厥的時候，他的右腳踝被一把抓住，拖離樹幹，女鬼扯住他雜亂無章的頭髮，將致河的頭抓起面對著她。

「不用急著死，我會幫你達成心願的。」女鬼笑得開懷，兩邊嘴角咧到了耳際。

她伸出中指，尖銳的長指甲硬生生地戳進致河的左眼，把手指當成吸管似的攪拌著眼珠製成的果汁，然後慢慢將攪拌後的角膜、水晶體等構造碎屑，混著如膠水般的玻璃體液與血液一起摳出來，最後再把連接眼珠和大腦的視神經扯斷拉出。

「嗚啊——」致河淒厲的哀嚎劃破天際。

當公園附近的民眾循著聲音來到樹叢時，看到的是一個全身扎滿透明碎片，額頭和嘴角帶有血絲，一眼被挖空，但從另一隻瞳孔縮小的眼睛中可以看出死者恐懼的身軀。

而更駭人的則是，在這具屍體的手邊留有用濃稠液體和著血跡所寫下的兩個大字——有鬼。

2

想不到連出動了方正特別行動小組，還沒查出個結果，那個社團的大學生卻相繼死亡。這點不只上層，就連基層的員警也都恐慌了起來，尤其整起事件越調查下去越玄。

在警方的調查之下，早就已經對這些鐵齒不要命的大學生，這次所舉辦的旅遊瞭若指掌。鬼月之中發生了這麼一起邪門的案件，就夠讓大家恐慌了，再加上這些學生所做的荒唐事，更讓大家搖頭。

負責調查整起案件的方正，也陷入了膠著的狀態。

光是前面幾起案件就已經讓方正覺得整起事件並不單純，更何況蘇致河的命案，都有目擊者指出親眼看見他跳樓，但是他的死因卻不是跳樓身亡。

明明在蘇致河住宿處所的樓下，都還有他跳樓的痕跡，他的屍體卻在五百公尺外的公園，光是這點要用科學來解釋，不要說方正了，恐怕就連諾貝爾獎的物理學獎得主也無法解釋。

在幾場命案現場，方正都考慮要拿下眼鏡跟耳塞，親自向當事人問個清楚。

可是命案現場讓當地變陰，聚集過來的鬼魂不是一般的多，光是想要找到當事人就有如在擁擠的捷運車廂裡面找一個人一樣困難。

當案情陷入膠著的同時，方正第一個想到的就是任凡。

方正希望可以找任凡幫忙，所以將車子開到了任凡當作住所的廢棄大樓樓下。

眼前，這兩棟左右互望的廢棄大樓跟往常一樣披上了寧靜的偽裝外衣。

四周是一片寧靜，夏末的早上讓人有種懶洋洋的錯覺。

方正猶豫了一會之後，將左耳的耳塞緩緩拿了下來。

一陣陣吵雜又刺耳的聲音像熱浪般席捲而來。

在交談與叫囂聲之中，可以清楚聽到小碧的聲音。

「後面的不要擠！先拿號碼牌再去登記！拿好了就先出去！不要一直擠在中庭！」

從吵雜的聲音聽起來，不難想像現在那片廢棄建築用地熱鬧的景象。

眼睛與耳朵所聽到的完全不協調，眼睛看到的是一片懶洋洋的清晨影像，可是耳朵裡面聽到的卻是宛如置身在最熱鬧的市場中。

深呼吸一口氣，方正緩緩地拿下了太陽眼鏡。

廢棄建築用地由外看過去，鬼魂就好像從裡面生出來似的，從那扇敞開的大門中不斷湧進湧出，整個鬼潮不但淹沒了整條巷道，就連前面的馬路都被這些鬼魂給盤據了。

不過這並不是讓方正最驚恐的，即便他的車子停在相隔一條馬路遠的路邊，可是鬼潮早就已經將這裡給淹沒了。

只見自己的車頭，有許多穿透過引擎蓋只剩下上半身的鬼魂，一臉不爽地看著自己，而在旁邊的客座，有個鬼魂老大不客氣地就坐在裡面。

彷彿感覺到了方正的視線，那鬼魂緩緩轉過頭來，一臉狐疑地看著方正。

方正立刻將視線轉偏，然後口中假裝唸唸有詞道：「奇怪，十六號在哪裡呢？應該還要再更前面吧。」

假裝在找路的方正，趕緊戴上了太陽眼鏡、塞上耳塞，發動車子，將車子快速向前開離這被鬼魂所佔據的地方。

落荒而逃的方正，很明顯的知道任凡這條路是行不通的了。

畢竟如果自己不管三七二十一，就這樣衝上去找任凡的話，那些苦苦在外面等候的鬼魂說不定會發生暴動。

就算想要領掛號牌跟其他鬼魂一樣排隊，等到輪到自己恐怕也已經過了鬼月了，到時候這起連續殺人案件不知道會發展到多少人死亡。

方正意志消沉地回到了分局，分局的局長室，被臨時當成了方正的休息室。

想不到自己的陰陽眼，在鬼月的期間，只是累贅，沒有半點功用，方正頹喪地坐在局長辦公椅上。

現在不要說提出份像樣的科學報告，就連找出凶手是誰都陷入膠著。

這樣下去的話，自己的招牌砸了不打緊，就連這些被害人的親屬都得不到一個合理的交代。

方正想起了其中一個被害人佳茗的父親，在商場上雄霸一方的他。在面對喪子之痛時，再強壯的巨人也承受不了這樣的打擊而崩潰。

所有人的期待都在自己身上，可是現在的自己卻只能坐在這裡一籌莫展。

局長室的門傳來一陣敲門聲。

方正有氣無力地應道：「請進。」

阿宏帶著一個上了年紀，差不多快要退休的警員走了進來。

「學長，方便嗎？」

「嗯。」方正點了點頭。

「這位前輩說有點事情想要跟學長你商量一下。」

「喔？」方正看了一下老警員，雖然有著一頭白色的頭髮，但是制服卻穿得非常整齊，方正肯定自己並沒有見過他。

老警員走到前面，對方正行了個禮說道：「白警官，你好，我是許福明，局裡的大家都叫我老許。」

方正點頭示意。

「因為在這間分局服務很多年，是目前最資深的警員，所以大夥派我上來跟白警官您商量一下，請您別動怒。」

「不會，」方正苦笑，他不敢想像下面那些警員是如何看待自己的：「有什麼事情請說。」

「有一點事情想要跟您報告，希望您千萬不要生氣。」老許緊張地說道。

「當然當然，有什麼你就說吧！」方正苦笑搖搖頭：「千萬別客氣！再怎麼說我也是你的晚輩啊！怎麼可能動怒。」

在方正再三的保證之下，老許還是猶豫了一會，才緩緩地說。

「我們幾個同事都覺得這件案子有點邪門，可能凶手……」老許吞了口口水：「不是我們所想的那樣。」

「什麼意思？」

老許搔了搔頭，有點彆扭的說：「大家都認為這件案子的凶手，很可能不是……人。」

「蛤？」阿宏一聽傻眼。

不過方正卻板著臉孔，沒有半點反應。

老許著急地說：「因為局裡的同事們，調查了這些大學生這次的旅行，都發現裡面有很多事情很邪門，他們做了很多很不好的事情，所以我們有些人認為，那根本就是……該怎麼說呢……得罪了一些好兄弟。」

老許似乎自覺這樣的話，很可能讓方正腦火，所以一邊說臉部的表情也跟著扭曲。

方正卻仍然若有所思，沒有半點反應。

阿宏卻是在一旁搖搖頭，一臉很受不了的樣子。

「所以，」考慮了一會之後，方正才緩緩地說：「你說大家要跟我商量的事情是……」

「這麼說吧，我認識一位法師，以前我們局裡發生過幾件比較邪門的案子，都是請他協助的。後來他發生了一點意外，所以閉關修練。聽說他現在出關了，我在想是不是可以請他來協助我們一下。」

阿宏在旁邊一聽，整個人都快要暈過去了。

又不是武俠小說，還閉關修練咧。

正打算幫方正推掉，卻萬萬沒有想到方正竟然一口答應。

「好，沒問題。」方正毫不考慮地回答。

「蛤？」這次換成方正的反應讓阿宏無法理解。

「那就麻煩你了。」方正站了起來，握了握老許的手。

這話一出阿宏是一臉訝異，而老許卻是鬆了一口氣。

「大家都說白警官你的辦案技巧卓越，一定不會相信這種民間信仰，所以都要我不要來多嘴。」老許眉開眼笑：「還好、還好。我是覺得整件事情就算不是什麼鬼怪作祟，帶著一個法師也可以保大家平安。畢竟這些小孩……唉，太鐵齒啦！」

方正不置可否地點了點頭。

「原本還以為以白警官你的身分、地位，可能會對這種事情不屑一顧，想不到……果然是英雄出少年。」

「咳，」被老許讚到有點不好意思的方正，用手遮著嘴說：「我一向不排除任何可能性。」

一聽到方正這麼說，阿宏原本有點難以了解，但是轉念就想到了原因。

白學長一定是體恤這些老警員，不想讓他們覺得自己沒用，所以才會這樣聆聽他們的意見吧？

一想到方正的用心良苦，阿宏又沉溺在敬佩的池子裡。

「如果這次的案件，真的是那些好兄弟，這該怎麼辦才好？」另外一個感佩方正的老許，也開始為方正擔心：「上面可能不太能接受這樣的結果。」

方正苦笑地開個玩笑說道：「放心吧，就算是鬼，我也會逮捕他。」

原本只是一句玩笑話，可是聽在阿宏跟老許的耳中，卻像是一種宣言。

兩人都是一臉欽佩地看著方正。

曾經聽過包公的傳說，傳聞他白天審人，晚上審鬼。

這或許就是偉人之所以偉大的原因吧！

阿宏感覺自己感動的淚水已經在眼眶裡面打轉了。

對方正來說，這位老員警的建議簡直就像及時雨，都是因為先認識了那個死任凡，讓自己對於這些傳統都忘得一乾二淨了。

本來在台灣這個社會，遇到了這種邪門的事情，哪個不是找廟公道士的？誰會去找那個什麼黃泉委託人啊！

更不用說任凡根本不可能接活人的生意，就算方正也沒把握可以真的從任凡那邊得到半點協助。

當天，方正便要老許與那個道士聯絡，如果真的不行的話，只有跟過去處理那些刑案一樣，親自跑南部一趟。

就算心中有幾百個不願意，也只能拿下眼鏡跟耳塞，親自詢問一下已經變成冤鬼的當事人整件事情的來龍去脈了。

第3章・關鬼門

1

中元節，對黃泉界的好兄弟來說，是個普渡的日子，相對的，也是黃泉委託人停止掛號的日子。

從這天開始，任凡將會開始處理中元節之前，所有還沒有解決的委託。

今年除了幾個比較特殊的案件之外，基本上都沒什麼問題。

任凡在短短的十天之內，就幾乎處理完了所有委託。

就在距離鬼門關的前五天，任凡已經可以在家裡好好休養。

對任凡來說，每年只要到了鬼門關即將到來的日子，都會固定接到一大筆的委託。

那是來自於任凡在陰間的好友鬼差葉聿中的委託。

身為陰間的鬼差，在每年鬼門關的時候，必須確定所有的鬼門都順利關起，而所有鬼魂也都乖乖地回到下面去。

任凡不是道士，所以他所能做的，就是巡查葉聿中委託的幾扇比較特殊的鬼門。

鬼門的地點，完全看地的屬性。

當地的陰氣累積到一定的程度，就有可能會開啟鬼門。

而從該鬼門進出的鬼魂，也跟該地的陰氣有關。陰氣越重的鬼門，當然出入的鬼魂就越凶猛。

在每年風水的改變之下，台灣的鬼門位置也年年變化。雖然有幾扇像是在大屯山附近的那些萬年鬼門，經過幾個世紀也沒有改變過，當然也有最近才發生嚴重災難的新鬼門。

而任凡所接到的任務，往往都是那些陰氣非常重，而且曾經發生過意外的鬼門。在任凡巡查之後，如果沒有異狀，就會聯絡一些法師，前往該地進行鎮魂與關鬼門的儀式。

過去一直都是葉聿中與任凡搭檔一起執行這項任務，但是今年的委託卻有點不同。

葉聿中穿著著鬼差的固定制服黑袍黑帽，同樣的制服穿在葉聿中身上，就是有股讓人不敢直視的威嚴，與菜鳥鬼差張樹清渾然不同。

「這一次我下面還有些事情要處理，」葉聿中告訴任凡：「所以今年我就不跟你一起去了，不過我希望你帶一個人，我們鬼差的新人。」

葉聿中沒給任凡回答的機會，揮了揮手，一個與葉聿中穿著相同的男子走了進來。

任凡看了一眼，心當場涼了一半，因為來的鬼差不是別人，正是那個曾經委託過任凡，調查殺害自己凶手，並且完成了冥婚，曾經是方正的老長官，現在是個菜鳥兩光鬼差的張樹清。

「沒有別人了嗎？」任凡垮下一張臉。

「嗯，」聿中面無表情、聳了聳肩說：「我只剩下他，你要嘛帶他，要嘛就自己想辦法。」

任凡無奈地看著張樹清，樹清一臉靦腆，搔了搔頭地跟任凡打了聲招呼：「好久不見了，請多多指教。」

任凡嘆了口氣，轉過去想要再跟葉聿中抱怨幾句，可是葉聿中卻已經不知道消失到哪裡去了。

2

其實俗稱的鬼門關也就是委託道士到鬼門前面作法，確定了鬼門的位置之後，任凡會委託民間的道士，到鬼門前作法。

任凡所做的不過就只是確認的工作，只要確認好地點，並且確認一切都沒有異狀，就可以請人來門前作法，讓鬼門確實關閉。

一般的情況來說，鬼門可以自行關起，所以任凡接受到的多半都是怨氣較重，難以鎮壓的鬼門。

在過去沒有黃泉委託人的時代，這些類似的鬼門常常釀出悲劇，讓許多無辜又無知的路人喪命，只能等待有緣的法師前來解決。

而現在人世間有了任凡，他每年做這樣關鬼門的工作，已經持續了八年了。除了一兩年有發生過嚴重意外之外，這也算是一份不錯的委託。無聊，但是簡單。

而之所以過去會有葉聿中陪伴的原因，當然是以防萬一，但是今年帶著張樹清，讓任凡感覺無力，畢竟他已經見識過他對付黑靈的能力了，除了兩光之外還真找不到其他形容詞。

現在也只能祈禱今年相安無事，不要像前年那樣有嚴重的暴動就好了。

兩人照著張樹清的單子，一路由北到南，一個個調查有問題的鬼門，確定了沒事之後，再請法師來進行關鬼門的祈福儀式。

今年任凡選擇的起點，就是曾經在鬼門剛開的時候，讓任凡與方正差點丟了性命的小學校園。

原本因為一個盤據在鬼門附近生前是個流浪教師的紅靈，讓鬼門極度不穩定的情況，在任凡接到了一個委託之後，順利渡化了那個女鬼，讓女鬼從代表執著的紅靈，成為了牽掛這些可憐早夭小孩們的藍靈。

任凡相隔了將近一個月後再見到程慧芳，她的容貌已經不再如此恐怖，恢復到生前帶著點羞澀的模樣，那個帶頭的小鬼小明，仍然很臭屁，並且幫自己取了一個稱號，叫做「陰間委託人」。

他正式向任凡下了挑戰書，一旦等他長大，要跟任凡搶生意。

任凡跟程慧芳只有苦笑，因為他們兩個都知道，小明是個已經往生的小孩，所以不會再長大了。

因為任凡化解了程慧芳的仇恨，該小學的鬼門也趨於穩定，幾乎可以肯定明年就會從張樹清手中那不穩定的名單中除名。

離開學校之後，任凡與張樹清馬不停蹄地巡視散布在各地的鬼門。

兩人一路上聊了不少近況，張樹清與芬芳的感情依舊甜蜜，絲毫不受張樹清到下面而受到影響，生前兩人不但聚少離多，而且芬芳還必須跟另外兩個人分享自己的老公，到了死後才得以長相廝守，這對芬芳來說或許也算是一種殘缺的美。

任凡則抱怨了一下方正，並且告訴張樹清關於方正最近成為警界寵兒的事情，身為方正老長官的張樹清，為此感到開心不已，還說要找時間去見見方正，順道慶祝一下。

兩人就這樣從台北一路闖到了台中，此刻，就連任凡都沒想到，前面有一扇恐怖的鬼門，正在等待著他的到來。

3

方正照著老許的約定，在台北火車站的西門苦苦等待。

不久，一個穿著不合時代唐裝的男人，緩緩地朝方正走來。

「你就是白警官吧，」沒等方正開口，對方反而先開口說道：「從你面相的情況，我可以大膽的說，你最近遇到的案子肯定不乾淨。」

方正一聽，也不知道該不該點頭，只是愣愣地看著法師。

「你最近一定升了官，正所謂鴻運當道，邪靈不侵，所以你才可以這樣全身而退。」那法師皺著眉頭說道：「不過你要嚴防小人，你自己心裡有數就好了。」

不過簡單的幾句話，立刻讓方正對眼前的這個法師敬畏三分。

畢竟自己都還沒有自我介紹，對方不但猜到了自己就是白方正，還說出自己最近升官的事情。

至於他口中所說的小人，不知道為什麼方正的腦海裡面立刻浮現出任凡的臉孔。

「沒請教法師您的名字？」方正恭敬地問。

「我？我叫做易木添，叫我木添就可以了。」木添笑著說。

4

來到了屏東的郊區，關鬼門的工作即將到了尾聲，只要確定接下來這扇鬼門沒有問題，那麼關鬼門的工作也到此告一個段落。

任凡看了一下時間，時間還算剛好。

現在是鬼門關前的最後六小時，也就是晚上六點。

夏末的晚風吹來，帶來了一片荒涼的草味。

任凡與張樹清朝著山上挺進，回憶開始在任凡腦海裡面擴散開來。

這並不是任凡第一次來到這裡，四、五年前任凡與撚婆曾經來過這裡。

為了收服一個充滿怨恨的女鬼，兩人聯手在這片廢棄的山坡上面，與惡靈大戰了三夜，最後終於順利收服了這個怨靈。

也因為這個怨靈的緣故，這裡有許多被女鬼召來殺害的冤靈，導致整片山坡都變成了陰地。就連附近的百姓都知道，於是為了鎮壓這些惡靈，撚婆在這裡舉行了一場法會，並且作法佈了顆鎮魂石，用來削弱這些鬼魂的怨氣。

為了防止意外再度發生，撚婆還特別交代下面的店家，如果有不知情的遊客經過，千萬要提醒那些遊客不要朝這裡來。

就在快要接近目的地的時候，任凡發現了一些異物，指著遠方問道。

「怎麼回事？」

張樹清將眼光轉過去，一條熟悉的東西在草地上面特別醒目。

那是刑事案件現場常用的黃色警戒條，生前當過二、三十年警察的張樹清，一眼就認了出來。

兩人互相看了一眼，臉色一樣凝重。

兩人加快腳步，跨過了警示線，果然看到了現場不但有許多粉筆印，還有一些殘留在原地的露營與烤肉的用品。

任凡一看心知不妙，趕到了距離烤肉現場不到一百公尺的廢棄鐵皮屋，當年那女人就是在這裡被姦殺的，所以她的冤靈有很長的一段時間就是盤據在這間廢棄鐵皮屋中，而這屋子也正是鬼門開啟以及撚婆當年放置鎮魂石的地點。

一衝進屋內，果然看到了那塊鎮魂石已經不見了。

任凡緊張地衝了出來，並且四處尋找，終於在一堆燒到灰黑的石頭之中，找到了那塊鎮魂石。

從現場的痕跡來研判，應該是有不知名的遊客在這裡烤肉，剛好就拿了這塊鎮魂石來做支撐烤肉架的石頭。

如果再加上剛剛發現圍成一圈的刑案警戒條，幾乎可以確定這裡在近期之內真的有發生過事情。

情況相當不妙！

就在任凡這麼想的同時，四面八方都傳來了陣陣的鬼哭狼嚎。

這突如其來的情況，讓張樹清緊張地縮了起來，將原本揹著的鐵鍊拿了下來放在身前。

鬼門要關了，這些地獄的惡鬼都會來這邊集合，可是如果到時候沒辦法關起這扇鬼門的話，這些惡鬼就會宛如脫韁的野馬，橫行在人世間了。

不過現在不是考慮這個的時候，鎮魂石已經失效了，如果被那些惡鬼抓到，任凡的性命很有可能不保。

如果在過去，身邊有個鬼差葉聿中，再凶狠的鬼魂也動不了任凡，可是偏偏現在在身邊的是這個菜鳥。

任凡考慮了一下，然後指著那間廢棄的鐵皮屋對張樹清叫道：「快點進去那裡！」

任凡說完，也不管張樹清還沒反應過來，一個人逕自就朝著鐵皮屋跑。

這裡荒棄已久，雜草叢生，一個個在人世間遊樂一個月的鬼魂，現在心有不甘地一個接著一個回到了鬼門前。

張樹清看到從草叢中不斷靠過來的鬼魂，心裡又不免害怕了起來，轉過頭來想要問任凡怎麼辦，才發現任凡已經朝鐵皮屋跑過去了。

慌張的張樹清立刻跟在任凡後面，兩人一起跑進鐵皮屋裡面。

「怎麼啦？」還搞不清楚狀況的樹清，一進屋子裡面緊張地問任凡。

「這裡的鬼門大約是在四、五年前所開的，大約在四、五年前，我跟我的乾媽撚婆收服了一個在這裡被姦殺而變成厲鬼的女人，當時那厲鬼不但殺害了當初姦殺她的犯人，還讓很多無辜的人送命。」任凡解釋給樹清聽：「收服她之後，因為她的陰氣與在這邊喪命的人，讓這塊地變得很陰，所以在這邊開啟了一扇鬼門。由於這塊地太過於血腥，當時乾媽認為有危險，所以特別用了一塊鎮魂石，來壓制這邊的氣，讓這些鬼魂不至於暴動，想不到那塊石頭竟然會被人拿來當成烤肉用的石架。」

任凡說完，咬破了自己的手指，並且在空中畫了幾下。

遠處，小憐與小碧的身影出現在山坡上。

在兩人與任凡所處的鐵皮屋之間，有一群鬼魂遊蕩在中間，宛若一條護城河般，圍住了鐵皮屋。

一看到任凡被困在鐵皮屋，小憐立刻想要過來解救任凡，卻被一旁的小碧拉住。

「凡！」小憐緊張地看著任凡。

任凡的臉龐出現在窗戶的旁邊，緩緩地搖了搖頭。

「妹，冷靜一點。」小碧終究還是比較沉穩，了解任凡招喚兩人前來並不是要兩人以命相搏：「我們先去搬兵，再來救凡。」

小碧這麼一說，小憐才逐漸冷靜了下來，兩人在遠處的山坡望著任凡好一陣子，才慢慢離開。

看到兩人離開，任凡才離開窗邊，回到張樹清旁邊。

第4章・回憶之旅

1

「不要——」

詩宜倏地從床上彈坐起來，背脊發寒，直冒冷汗。

一場可怕的惡夢讓她驚醒，但卻怎麼樣也記不起剛才夢境的內容究竟是什麼。

餘悸猶存的她轉過頭去看了雙人床的另一邊一眼，雅欣正安穩地躺在自己旁邊。

當初因為愛慕蘇致河學長，為了更貼近他，詩宜毅然決然拉著自己的好朋友雅欣，一起加入社團。

想不到在她們入社的第一次團遊後，當時一起旅行的夥伴們竟接二連三相繼死亡。

詩宜和雅欣其實並不是那麼鐵齒，害怕的兩人相約一起到詩宜在外面租的公寓同住，至今已經邁入第三個禮拜了。

看到雅欣胸前微微起伏的棉被，詩宜放心多了，看來沒有吵醒雅欣，也沒發生什麼事，就只是一場噩夢而已。

想到這裡，詩宜不禁眼角泛著淚光，她想起了自己最心愛的蘇學長。

對啊，怎麼可能會有什麼事，蘇學長說過，他說過所有靈異事件都只是自己騙自己的，這個世界上根本沒有鬼……沒有鬼。

雖然提起勇氣，決定不管怎麼樣都要相信蘇學長，但是學長的死還是讓她傷痛不已。

「為什麼……為什麼你就這樣死掉了，學長。」詩宜忍不住掩面痛哭。

難過的詩宜現在一點睡意也沒有，不想吵醒熟睡的雅欣，而且既然都已經醒了，也有點尿意就去上個廁所吧。

詩宜小心翼翼地步出房門，上完廁所後，邊洗手邊看著鏡中自己紅腫的雙眼。哭成這樣要是被雅欣發現她一定會很擔心，再說學長不喜歡膽小愛哭的人，我一定要堅強！詩宜這麼告訴自己，用手拍了拍雙頰，低下頭去洗把臉，想將負面情緒全都洗掉，提振士氣。

沖洗了幾下後，詩宜閉著眼睛摸了摸洗臉台旁的架子，取下自己的毛巾，將濕漉漉的臉龐擦乾，順著臉部將毛巾從上往下挪開。

詩宜張開眼睛，從鏡子中映入眼簾的卻不是自己的樣子，而是一個毫無血色、瘦弱女子的臉孔。

詩宜瞪大雙眼，愣了好一會兒，鏡子裡的女人緩緩移動，一步步往詩宜逼近，直到好像要從鏡子裡鑽出來。

「啊——」詩宜花容失色地尖叫了起來。

雙腿一軟，詩宜一屁股跌坐在地上，她隨即用手撐著地板配合腳的移動，將屁股往後退了好幾步，直到無路可退。

感覺浴室好像比自己印象中的還小，竟然這麼快就已經碰到牆壁了，詩宜用眼角餘光往後瞄了一眼，才發現牆壁離自己還有一小段距離。

調整視線焦距，詩宜發現自己靠著的好像是一支細長白皙的棍子，她順著棍子抬頭往上一看，剛剛鏡子裡的那張臉，正與她四目相接。

原來自己背後的不是牆壁，更不是棍子，而是一雙女人的腿！

詩宜立刻轉向，連滾帶爬地逃出浴室，直奔向房間，她用力扭轉門把，卻怎麼也打不開門。

「雅欣！快開門啊！雅欣！」詩宜大聲呼喊，一手用力拍打門板，一手繼續轉動門把。

該不會雅欣跟其他人一樣都已經……

這麼一想，詩宜也管不了那麼多了，慌忙想要奪門而出，才剛轉身要跑向大門便撞上了不知道什麼時候已經站在那裡的女鬼。

「求求妳……放過我好嗎？」詩宜立刻跪地求饒，淚水奪眶而出。

「喔？你們不是不相信鬼嗎？怎麼會跟鬼求饒呢？」此時的女鬼就好像調皮的小孩般用戲謔的口吻反問詩宜。

「對不起，我們錯了，請妳原諒我們。」詩宜謹慎地向女鬼磕了個頭。

「那麼妳是承認這世界上有鬼囉？」

詩宜點頭如搗蒜，一邊拚命地道歉，其實她口中的對不起不僅是對眼前的女鬼說的，也是對自己最愛的蘇學長說的。

自己竟然為了苟且偷生，把她向來奉為聖旨般蘇學長的信念全都拋到一邊，不但承認鬼的存在，還向鬼低聲下氣。

「妳說你們做錯了，還一直向我道歉，看在妳這麼有誠意的份上，我可以放過妳。」

詩宜高興的正想要道謝，女鬼又開口了：「不過，我要知道妳是不是真的反省了，說說看，你們到底做錯了什麼？」

被這麼一問，詩宜的臉都綠了，這趟旅行他們做的荒唐事，多到自己都已經記不清楚了，究竟是哪件事惹到這女鬼的，她壓根兒就不知道。

「阿甘在妳的墳前小便？」詩宜隨便猜了一個，試探性的問道。

女鬼垮下臉來瞪著詩宜。

「不對不對，是抄墓碑！」看到女鬼的表情知道自己說錯了，詩宜立刻改變說詞。

女鬼死白的臉漸漸轉為青綠，表情也逐漸變得凶狠。

「啊！我想起來了，玩錢仙的時候罵說不準還把錢亂丟。」眼看女鬼就快要發火，詩宜趕緊再換一個。

「不可原諒！」女鬼怒斥，一手用力夾住詩宜的頭蓋骨，另一手伸長爪子準備刺向詩宜。

砰砰砰——

突如其來的敲門聲止住了女鬼的動作，尖銳的長爪停留在詩宜白皙的脖子前，只要再往前一公分就可以刺中了。

「啐，礙事的傢伙。」

此時，方正與木添破門而入，女鬼卻早已不見蹤影。

「妳沒事吧？」方正立刻趕到詩宜身邊，搖了搖她的肩膀。

木添跑到詩宜面前架起桃木劍，一下左擺一下右擺的環顧四周。

「哼，逃了。」木添收起桃木劍，一副若有所思的樣子。

「怎麼樣？逃到哪裡去了？」方正看木添在思考的樣子便急著問。

「不知道。」木添斬釘截鐵地說：「我是在想，還真沒看過有鬼溜那麼快的，她是怎麼辦到的？」

方正白了木添一眼，將詩宜攙扶起來。

「你們到底是？啊！雅欣，雅欣呢？」正要詢問眼前兩人身分，詩宜忽然想起了房間裡的雅欣，著急地奔回房間。

以為房門依然鎖著的詩宜，連推帶撞地用力開門，想不到門卻輕而易舉的打開了，讓她差點就要因為用力過度而跌了個狗吃屎。

2

一個滿臉是血的鬼魂出現在鐵皮屋的窗口。

彷彿聞到了什麼，那鬼魂朝著屋裡面東張西望。

窗口下面，任凡跟張樹清縮身在底下。

任凡一臉悠哉，檢查著自己的指甲縫，另外一旁的張樹清則是繃緊了神經，縮成一團。

如果被鬼魂發現，在鬼門前面有生人，那麼任凡很可能會被這群惡鬼五馬分屍。

畢竟現在那塊壓制他們力量的鎮魂石已經不在了，更何況這裡的鬼魂本來就比較殘暴。

換句話說，現在最應該緊張的反而是任凡，可是他卻是一派輕鬆。

好不容易挨到了那個多疑的鬼魂離開，兩人才從躲避的窗口下面出來。

「現在應該怎麼辦？」張樹清問道。

「我們能怎麼辦？」任凡無奈地問：「你有辦法收服這些鬼魂嗎？」

開什麼玩笑，想起當初光是收服一個名為黃翼飛的怨靈，就已經讓張樹清頭上腳下的被打昏過去，更何況現在一整片的怨靈。

張樹清垂頭喪氣的搖了搖頭。

彷彿不問也知道答案的任凡，沒有看著張樹清回應，只是躲在窗邊看著外面的鬼魂。

「如果鬼門一關，他們擺脫了束縛，不只你難以回去交差，就連人世間都會引發一場大災難。」

從語氣聽起來，任凡似乎不想見到這樣的情況，但是他現在的態度卻完全看不出一點驚慌與無助。

「為什麼？」

張樹清非常不解，從任凡心中所產生出的那股勇氣，到底是從哪裡生出來的？

「蛤？」任凡誤解了樹清的意思，還以為他是在問自己為什麼鬼門一關他們就會擺脫束縛似的：「你這鬼差是怎麼當的？你不知道鬼門對這些鬼魂來說有種束縛力，一般來說……」

「不，」樹清搖了搖頭說：「我不是問你這個，我的意思是，現在這個情況你都不害怕嗎？你為什麼還可以那麼……冷靜？」

任凡先是一愣，然後苦笑地給了一個很無厘頭的答案：「因為我是黃泉委託人啊。」

張樹清一聽先是白了任凡一眼，正想開口回答：「你這算什麼答案啊？」可是張開了嘴卻突然想到一個過去的回憶。

回憶浮現在腦海裡面，當年為了緝捕一名凶狠的槍擊要犯，當時已經是小隊長的自己，帶著那些警員們衝鋒陷陣的景象。

面對對方的組織與強大的火力，張樹清心裡害怕極了。

「隊長！我們該怎麼做！」旁邊一個年輕的警員，一臉慘白地問著張樹清。

張樹清回過頭來，看到了新近的幾名警員眼神有點惶恐，這景象反而讓他冷靜了下來。

不行！如果連我都表現出害怕的模樣，那這些員警怎麼辦？

於是當時的張樹清沉著地指揮那些年輕的員警們，順利將那些罪犯逮捕歸案。

一名年輕的員警也問了張樹清同樣的問題。

張樹清考慮了一下，很坦白的給了那個年輕員警一個自己鎮定的答案。

「因為我是你們的隊長啊。」

看著任凡的背影，張樹清瞬間明白了。

堅強與勇敢，不是一種天分，而是一種努力。

越堅強的人，肯定比人更加努力，才能表現出堅強。

那麼任凡不管身陷如何的絕境，那股不被打垮的堅強，究竟花了多少努力？張樹清不敢想像。

但是自己生為一名除暴安良的刑警，死為一名抓鬼除妖的鬼差，不能愧對自己的這份天職。

張樹清站到了任凡旁邊，開始思考該如何將這些鬼魂趕到鬼門去，任凡看了張樹清一眼，他臉上有著沉著又冷靜的表情。這是第一次，任凡覺得張樹清真的像一個鬼差。

可是這卻對現況沒有半點改變，畢竟兩人還是一樣身處於險境之中。

3

木添在聽完方正將整起案件說完之後，當機立斷這兩個剩下的女學生，跟前面那些已經喪命的學生一樣有生命的危險。

兩人旋即趕到了現場，果然救了差點被索命的詩宜。

在確定了兩人安全無恙之後，木添希望可以從她們的回憶裡面找尋出這女鬼的真實身分。

「妳們仔細想一想，」木添問兩人：「你們那趟旅行之中，有沒有做過什麼可能得罪到這些好兄弟的事情？」

此話一出，兩人低下頭去，不敢應答。

方正見狀，只好尷尬地將她們社團還有這次旅行的事情，一五一十的告訴木添。

木添聽了之後才了解，兩人原來不是想不起來，是根本不知道打從哪裡說起。

或許請木添列一張表格，寫滿所有人世間的禁忌，然後她們來告訴木添哪些是她們沒有犯過的，說不定還比較快一點。

聽完了這群大學生的荒唐之旅，木添暴怒。

「你們這些不知死活的白目！如果我不是正邪不兩立的宗師！我現在還真想不管妳們兩個！」

兩人被木添罵到抬不起頭，旁邊的方正只能好言安慰法師。

「我想經過了這些事情之後，她們應該也知道錯了，」方正看著兩個頭低到快要鞠躬的女孩，無奈地說：「現在最重要的是，剛剛那個鬼魂會不會再找上她們。」

「這個我想不需要懷疑，她們一定做了對她來說很忌諱的事情，不然不可能會上門來索命。今天沒成功，她一定會再來，一直到索到她們兩個人的命為止。」

「那該怎麼辦？」

木添瞪了兩人半晌，考慮了一會之後，點了點頭說道：「也只能我們這邊主動出擊。」

「蛤？」

「我們保得了她們一時，保不了她們一世，」木添指著兩人說道：「不入虎穴焉得虎子，與其在這邊等她來，不如我們找她去。」

「可是我們怎麼知道她在哪裡？」

「還會有哪裡？」木添用下巴比了比低著頭的兩個女生：「當然就在她們這次旅行的路上

啊。」

4

方正與木添兩人，帶著兩個女學生，重新踏上了當時「安地不可思議及光怪陸離同好會」的禁忌之旅。

每到一處，兩個女學生便憑藉著當時的印象，說出眾人所做的事情。

每次說出來，都被木添罵到臭頭。

可是為了保命，兩個女學生只能乖乖低著頭聽訓。

可是一連走了好幾個場所，木添都沒有能夠找到整起事件發生的原因。

連夜下來，眾人馬不停蹄的走遍了當初的路線，直到夜深才找地方休息。

為了可以就近保護兩名女學生，方正找了一間旅館，在兩間房間之間還有著一扇門互通，這樣只要那些女學生有什麼意外，隨時都可以呼救，而方正與木添也可以即時趕到。

那晚，方正在跟阿宏聯絡之後，在房間裡面，與木添聊著目前的進展。

「易法師，這件事情你有什麼看法？」

「我想應該跟鬼門有關，你也知道現在是鬼月，我比對了一下他們旅程的時間，在中元節的那天是普渡的日子，也就是他們出事的那天。」木添解釋：「明天我們就會到達他們中元節那天過夜的地方，我想在那邊我們應該可以找到整起事件的元凶。」

再敲門巡查兩人沒問題之後，方正與木添才上床就寢。

忙碌了一天之後，兩人體力都已經透支了。

與木添忙了一天，讓方正更加信任木添，甚至感覺這種有真材實料的法師，比起那個只會耍嘴皮子，與鬼共伍、不學無術的任凡要好得多了。

另外一邊的木添卻感覺到困惑，因為就自己的經驗來說，那個惡鬼想要索命，勢必得要趁著她們落單的機會。

換句話說，他必須一直近距離觀察才行，這幾天木添雖然可以感覺得到她就潛伏在他們周圍，可是卻怎麼找也找不到她。

雖然說，只要能夠找到這些大學生當初得罪這個女鬼的地方，就可以逼出這個女鬼。可是有個女鬼如影隨形地跟著，不但讓人備感壓力，還完全不能鬆懈。

總之，搜完所有她們旅程所經過的地點，真相應該也可以大白了。

木添確定了一下自己抓鬼用的法寶，都放在自己伸手可及的位置之後，緩緩閉上了眼睛。

隔壁房間，詩宜與雅欣正沉沉地睡著，詩宜的旁邊，那個充滿怨恨的女人就站在床邊，狠狠地瞪著她。

她並不想這樣殺了她，因為她知道隔壁的那兩個人隨時都可以趕到，這樣一來，她就無法順自己的意思，讓這女孩在恐懼中喪生。

所以她願意再給女孩幾天的時間，直到她有機會好好虐殺她為止。

5

經過了兩個禮拜之後，詩宜與雅欣又再度回到了當初發生慘案的地方。

只是兩人作夢也沒想到，這裡原本應該會是一個快樂旅行的終點，想不到卻成為了依依人生的終點。

更想不到這會是一場夢魘的起點，從那之後短短兩個禮拜之內，原本一行六個人，現在只剩下自己跟雅欣。

一想到這裡，詩宜哭了起來。

一到了現場之後，木添就皺緊了眉頭。

「就是這裡了。」木添可以肯定，那個跟著大家不放的女鬼，就是在這裡與這些人交會的。

「你們當初怎麼選到這個地方來烤肉的？」木添轉過頭去問詩宜與雅欣。

一聽到木添這麼問，方正也跟著好奇了起來。

的確，這裡前不著村，後不著店，附近又是雜草叢生。

與先前大家所去過的地方不同，先前大家所去過的地方都是很著名的鬼屋，不然就是一些很清楚可以看到一堆墳墓的恐怖地方。

比較起來，這裡除了遠處有一間廢棄的鐵皮屋之外，什麼都沒有。

會選上這裡，應該是有什麼特別的傳說或原因吧。

「因為當初我們在採買這些烤肉用具的時候，」詩宜抽噎著說：「店家警告我們，說這塊地很陰，要我們不要來這邊……」

接下來發生的事情即使詩宜不講，方正與木添也能夠想像。對著這些故意要做一些鐵齒事情的年輕人來說，這樣的警告等於一種挑釁與邀請函，讓他們更故意要來這邊烤肉。

木添冷笑，「誰知道你們聽了之後，就更加打定主意要來這邊，是不是？」

詩宜與雅欣低著頭用沉默代替了回答。

有句話說，夜路走多了遲早會碰上鬼的，這句話用在這群白目大學生身上，可以說是百分之百貼切。

科學發展到今天，已經十分發達。

可是不管在世界各地，總是有許許多多科學所無法解釋的現象。如果在他們的小腦袋裡面，可以有一點點的尊重，並且擁有一丁點的科學精神，去認同科學所無法證明的東西確實有存在的可能性，整個悲劇就不會發生了。

人在學習東西的時候，往往只學到表面，真正的精髓卻忘記了。

就像這群大學生，明明就是科學之子，卻忘記了科學的精神。

在還沒有任何證據之前，就已經妄下斷語，認為一切科學無法證明的東西就是不存在的，壓根兒就沒有半點科學的精神。

既然知道了整起事件的起源就在這裡，木添看了兩個女學生，然後要她們好好回想，把那天發生的事情告訴他。

他想知道，到底是什麼事情，惹到了那個女鬼，讓那個女鬼非要討她們的命不可。

烤肉架上面，滋滋作響的肉串散發出濃郁的肉香。

「你怎麼啦？」看到前去採買啤酒的佳茗回來，依依抱怨：「怎麼買個啤酒去那麼久？」

「妳不知道，妳還記得下面警告過我們的店家嗎？」佳茗一臉得意：「我剛剛買啤酒的時候，特別詢問了一下關於這裡到底發生了什麼事情。」

在過夜之前，聚集在一起說著當地的鬼故事，是這趟旅行中不成文的慣例。

「大約在十年前，有一個女人家裡有點錢，雙親死後在親友的介紹之下，認識了一個男子。兩人墜入愛河，然後結了婚。婚後在一個偶然的情況之下，那女人才赫然發現，那男人竟然是個舞男，而且在外面還有別的女人。」

佳茗用戲謔的態度，說著一則悲慘的故事。

「於是那女人當然想要離婚啦！想不到那男人一不做二不休，把那女人拖到這裡，找來朋友把她給姦殺了！」佳茗用手指著遠處的那間鐵皮屋：「就在那間房子裡面。」

佳茗這麼一說，其他人一臉狐疑地看向那間鐵皮屋。

除了詩宜跟雅欣之外，其他人都面有笑意。

「於是這邊後來下面的那條路，常常發生意外。所以下面那些店家，才會說這邊不乾淨，要我們不要來。」

「拜託！這幾天我們去過的地方哪一個乾淨啦！」阿甘得意的說。

於是大家七嘴八舌的討論起這女人來。

「呿！」身為會長的蘇致河率先發難：「男人是她選的，婚也是她自己自願嫁的，又沒人逼她，怪得了誰啊？」

依依很看不慣這女人，一臉嫌棄地說：「就是說嘛，我說啊，這女人也算是咎由自取，我看根本就是包養小狼狗吧！」

「對啊，」佳茗也加入批評這女人的行列：「如果這樣死後都可以變成厲鬼的話，那有失戀過的人都可以變成厲鬼囉？被強姦過的人都可以變成厲鬼囉？所以我說，這些鬼故事真的一點科學根據都沒有。」

「就算這世界真的有另外一個世界，也應該有一定的規則，不可能什麼人都可以變成厲鬼。」阿甘說。

依依很討厭這種女人，所以趁著酒意，站了起來，對著鐵皮屋叫道：「在我看來啊，這些有錢人就是這樣，自己有錢卻沒有眼光。遇上這樣的男人，剛好而已啦！還變成鬼來害人，如果真的有的話，那來害我啊！」

一看依依如此瘋狂地對著鐵皮屋咆哮，大夥都跟著起鬨。

「對啊！對啊！如果妳在的話就趕快現身吧！」

「哈哈哈哈哈！」

這種事情對這社團來說是家常便飯。

只是他們作夢也沒想到，過了半小時後，那個帶著大家對著鐵皮屋咆哮的依依，會當場表演用頭打陀螺的特技給大家看。

聽完了詩宜的回憶之後，木添連罵人的力氣都沒有了。

「在人往生的地方說往生者的壞話，你們……唉。」木添重重地嘆了口氣：「如果我不是立志追隨黃鳳嬌天師，正邪不兩立，善良到頭上都快要有光環的法師，我還真希望看到你們被那個女鬼教訓一下。」

這時一個東西吸引了木添的目光。

在他們的腳旁，這些烤肉時所用的烤肉架橫倒在一邊，原本用來支撐烤肉架的石堆，很明顯缺了一處。

有人曾經動過這個烤肉堆。

木添四處找了一下，果然找到了那塊焦黑的石頭。

拿起來一看，只見石頭被燒到焦黑的那面，依稀可以看得到紅色的字跡。

難道說這是鎮魂石嗎？如果真的是這樣的話，那麼除了那個女鬼之外……

想到這裡，木添感到一陣毛骨悚然。

這時不知道從哪裡傳來了一陣哀嚎，嚇得在場所有人都朝木添這邊靠攏。

這陣哀嚎很明顯呼應了木添心中的猜測。

「這下糟了！」

「怎麼了？」

「情況非常不妙！」

木添將石頭拿給方正，方正看了一下，只看到一片焦黑，一臉不解地看著木添等他解釋。

「如果我沒有猜錯的話，他們拿來架烤肉架的這塊石頭，就是用來鎮壓這邊鬼魂所用的鎮魂石。」木添指著石頭說：「換句話說，最近這幾年這邊曾經鬧過鬼，而且很凶。為了讓這些鬼魂不再作亂，才會有這塊鎮魂石。現在這塊石頭被這些大學生給烤焦了，當然也不再具有鎮魂的效果，這些鬼魂的暴動可想而知。」

遠處又傳來了一陣鬼哭神號，讓大夥警戒地看著四周。

「在這裡跟他們對上了，我們可能會很危險。」

木添四處看了一下，眼看著聲音越來越接近，方正也越來越緊張。

「那裡！」木添指著不遠處有一間鐵皮屋叫道：「我們去那邊看看能不能避一避。」

木添帶著大家，朝那間鐵皮屋跑了過去。

方正好奇地拿下了眼鏡朝後面一看，只見一個接著一個恐怖的鬼魅正朝這邊飄了過來。

眾人跑進了鐵皮屋，將門給關上。

窗外，那些鬼魂沒有再靠近。

方正不了解的是對於這些鬼魂來說，這間鐵皮屋裡面有著鬼門，所以這些鬼魂除非必要，不然會盡量離開這間鐵皮屋。

看到鬼魂沒有追上來，方正與木添才鬆了一口氣。

兩人才剛想要坐下，想不到這時突然從後面傳來了一句話，讓方正嚇到差點尿了褲子。

「你們在這裡幹嘛！」

突然出現的男人讓方正與木添嚇了一大跳，定睛一看，方正與木添看到的是一張非常熟悉的臉孔。

「怎麼會是你！」方正與木添異口同聲問道。

兩人相視一眼，然後同時轉過頭來問，不過這次兩人口中的話就不一樣了。

彷彿看到救星的方正，滿臉歡喜地問道：「任凡，你在這裡幹什麼？」

彷彿看到仇人的木添，怒目以對地吼道：「黃泉委託人，是你搞的鬼嗎？」

第5章・宿敵再會

1

方正看著眼前的景象，卻完全不知道事情為何會變成這樣。

只見木添一看到任凡，突然掏出了桃木劍，指著任凡。

「我終於找到你了，黃泉委託人。」

「蛤？」任凡一臉狐疑地看了看木添，轉過來看了一下方正。

方正聳了聳肩，因為他也不知道為什麼木添看到了任凡會突然那麼激動。

「自古正邪不兩立，你想不到今天會遇上我吧？我看這一切根本就是你這個黃泉委託人一手搞出來的！」木添咬牙切齒地說：「剛好，今天我就要把你這個邪魔歪道給就地正法！」

任凡壓根兒當然沒想到在這樣危急的時候會遇到人，所以一臉訝異地看著木添，更不用說木添一進來，看到了自己就是劈頭一陣叫囂，寫在任凡臉上的疑惑更加深刻。

「等等！」任凡板起了臉孔，嚴肅地問：「你到底是誰啊？我認識你嗎？」

任凡這一問，讓木添更加火冒三丈。

自從五、六年前他在那間凶宅被任凡狠狠地敲了好幾下腦袋之後，任凡的臉孔無時無刻會出現在木添的腦海之中，就連作夢都常常夢到任凡，對他施以毒手。

在不知不覺之中，木添已經認定了任凡就是自己一生要打倒的敵人，更是他邁向成功大業的宿敵。

想不到任凡卻早就已經將他給拋諸腦後。

「你忘記了五、六年前的那間凶宅了嗎！」

木添氣到指著任凡的桃木劍不停顫抖，可是任凡臉上卻是怎麼想也想不起來的表情。

「我真的不記得你是誰了。」任凡無奈地說：「你不可能是我的客戶啊，我不接活人生意的，我不是法師也不會法術，當然也不可能搶了你的生意。」

眼看任凡真的完全不記得自己是誰，讓木添就像火山爆發一樣。

「你不記得！我可是記得一清二楚！你在那間凶宅裡面，把我的頭當成球打，把我打到頭昏眼花！」

「喔，你就是那個不分青紅皂白，隨便亂打鬼的兩光法師啊！」任凡恍然大悟：「你一開始這麼說我就會想起來了。」

「你別太過分啊！」木添怒吼。

木添正準備揮劍過去跟任凡決一死戰，這時身後卻突然傳來一陣詭異的笑聲。

「嘿嘿嘿嘿嘿。」

這陣笑聲讓在場所有的人都停下原本的動作，轉過頭來看。

可是眾人身後的門附近卻什麼鬼影也沒有。

「我不知道你們兩個之間到底有什麼樣的深仇大恨，」方正對任凡與木添說：「不過……現在好像不是解決恩怨的時候吧。」

「哼。」任凡冷笑了一聲。

無視於那隻宛如受傷野獸的木添，任凡雙手放於身後，悠哉地走在眾人之間。

「我不知道你們為什麼會來這個地方，」任凡面無表情地說：「也不知道你們來的目的是什麼，不過我可以告訴你們，你們這些人，一點也不乾淨。」

任凡走到了跟著方正與木添的雅欣身邊，一講完話，轉身一拳就朝雅欣的臉上揮了過去。

想不到任凡會這樣突然一拳就這樣朝著雅欣揮過去，方正跟木添都看傻了眼。

只見雅欣被打倒在地上，旋即立刻向後飄了起來，重新站立起來。

雅欣的眼神怪異，臉上的笑容宛如天上的勾月。

「哼！妳以為妳是誰啊！」任凡一臉不屑：「騙得了這個兩光法師，妳騙得了我嗎？」

聽到任凡這麼說，方正跟木添才恍然大悟，難怪兩人不管怎麼找都找不到那個女鬼，原來她一直隱身在雅欣的體內。

「好久不見了！」雅欣的聲音變得又尖又怪：「黃泉委託人！」

「嗯？」

「想不到我們會在這個地方再度碰面！」雅欣浮在半空中，用詭異的音調說：「這次我不會再讓你收服了！」

任凡挑起了眉毛，一臉傲慢地看著雅欣。

「地獄……」雅欣收起笑容，表情瞬間變得十分猙獰：「換你去了！」

被女鬼上身的雅欣說得熱血沸騰，可是任凡卻是無奈地搖了搖頭。

「同樣的問題，」任凡嘆了口氣：「妳又是哪位啊？」

「我？」雅欣冷笑：「我就是在這裡被人殺害，連報仇都被你們阻撓的洪佩貞！」

任凡攤開手苦笑道：「怎麼今天我的仇家那麼多啊？」

雅欣高高在上，掃視過眾人之後問道：「怎麼這次那個老太婆沒跟你來？你手上那隻鬼咧？少了他們兩個，你又能如何呢？」

「收拾妳需要乾媽出馬嗎？」任凡不屑地笑著，用頭指了指在旁邊的木添說道：「這邊這個兩光道士就可以收服妳了。」

「什麼！」

此話一出，雅欣跟木添同時瞪了任凡一眼，然後同時互相看了一眼。

「哼，你不是什麼正邪不兩立嗎？她已經殺了很多人啦！」任凡一臉調侃說：「還是你只是說說而已？」

被任凡這麼一說，木添簡直腦袋就快要氣到炸開了。

原本木添的意思就是要收拾這個女鬼，可是現在被任凡這麼一說，好似是任凡命令他去收拾的一樣。

木添對任凡真的恨到了牙癢的地步，忿忿地指著任凡說：「我先收拾女鬼，再來收拾你！」

任凡聳了聳肩，然後示意要木添上。

木添打鐵趁熱，趁著怒火攻心之際，大喝一聲揮出木劍朝女鬼攻了過去。

木劍上面貼有符籙，洪佩貞不敢大意，小心躲著木添手上揮舞的劍，趁著木添幾次重擊沒有得手的空檔，才進行反擊。

亂砍了一陣沒有砍中半劍，反而挨了幾拳幾腳的木添，怒火越燒越旺，這時眼角的餘光瞥見了任凡臉上帶有笑意，怒火更加旺盛。

木添連續攻擊了佩貞的右方，把佩貞朝左邊逼退，靠近任凡所在的地方。眼看距離差不多了，木添橫過劍一揮，竟然是朝任凡直直攻過來。

正所謂仇人相見分外眼紅，一直就注意兩人動靜的任凡，對木添突如其來的攻擊雖然驚訝，但是仍然躲了開來。

女鬼見木添竟然突然攻擊任凡，也從另外一邊夾攻任凡，三人竟然就這樣混戰在一塊。

「小白！」

由於一切都發生得太突然，導致大家的目光一開始就一直跟隨著任凡等三人，這時張樹清才看到方正。

剛剛在逃命的時候，將眼鏡與耳塞拿下來的方正，聽到了熟悉的聲音，轉過來一看，果然看到自己熟悉的老長官，張樹清。

「張大哥，你怎麼會在這裡？」方正又驚又喜。

「我跟著黃泉委託人來這邊辦點事情，」樹清指了指打得火熱的任凡：「你呢？聽說你最近升官了，我還想要找時間去找你慶祝、慶祝。」

這時三人混戰的局面有了些許的改變，三人這時退了開來，各自佔據一方，彼此互望。

「你們兩個敘完舊了嗎？」任凡一臉不悅：「真是搞不清楚狀況的一對兄弟。」

被任凡這麼一唸，兩人頓時回過神來，的確眼前的情況不適合敘舊。

對於木添為什麼與任凡打起來，方正雖然不知道原因，但是現在有一個惡鬼佔據了女學生的肉體，似乎還是應該以此為主。

方正到木添旁邊，好言相勸道：「易大師，我不知道你跟……任凡之間有什麼過節，不過現在好像還是應該先解決女鬼才是。」

此言一出，雅欣跟木添都惡狠狠的瞪向方正，方正害怕地退到了張樹清身邊。

剛剛怒火攻心，導致木添失去理智，的確現在的情況應該先以那女鬼為主。尤其是剛剛跟女鬼交手之下，木添才發現女鬼的修行很高，自己恐怕沒辦法收服她，更遑論還得要分心對付任凡。

心念及此，木添轉過手中的桃木劍，對準了洪佩貞。

另外一邊的任凡，這時也轉過來對著洪佩貞。

洪佩貞看了看任凡，又看了看木添，然後冷冷一笑，朝任凡一躍。

眼看洪佩貞攻了過來，任凡屈膝準備迎戰，另外一邊的木添則是趕緊朝著任凡這邊衝了過來。

想不到攻向任凡的這一下只是虛招，佩貞猛一轉身朝木添一腳踹了過來，原本以為可以偷襲到女鬼背面的木添，冷不防中了這一腳，手上的桃木劍也因此被踢飛。

眼見自己偷襲得手，女鬼拋下了任凡，朝著木添一陣猛攻。

木添到處逃竄，盡可能不讓洪佩貞抓到。

原本還以為任凡這時會上前幫助木添，誰知道他竟然站直了身子，冷冷地看著兩人的纏鬥。

「你還不快點幫他？」方正心急地問。

「我又沒有法力，也對付不了那個女鬼，」任凡聳了聳肩：「更何況他剛剛還想偷襲我耶，誰知道我過去幫忙，會不會被他陷害。」

聽到任凡這麼說，木添又是一陣怒火，可是現在被女鬼打得到處逃竄的他，根本連開口反擊的機會都沒有。

「你想要眼睜睜看他被那女鬼殺死嗎？」

「你那麼緊張幹什麼？」任凡面無表情地問：「他是你的好友啊？」

「這不是重點吧！你還不快去幫忙？」

「我不是說我對付不了她了！」任凡指著方正身後的張樹清：「你應該去跟他說吧？」

方正轉過身，看著張樹清。

這時方正才想到，記得前些日子張樹清已經是個鬼差了，可是上次看他對付黃翼飛，卻是一腳被踢飛而暈過去。

看到任凡與方正都看著自己，張樹清猶豫了一下，然後緩緩地點了點頭。

「讓我試試看吧！」

張樹清拿起鎖魂鍊，正想要朝雅欣的身上抽。

「等等！」任凡阻止了張樹清：「她現在是附身在肉身上，你的鎖魂鍊只能傷她，不能抓她，我們要想辦法把她逼出來。」

另一方面，想不到這兩光的道士打鬼不行，東躲西逃的功夫倒是還不錯。

洪佩貞一陣猛攻還是沒辦法將他擊垮，內心也有點著急了，原本還分心在注意任凡的動靜，不再理會任凡，專心朝木添攻擊。

果然攻擊立刻奏效，洪佩貞順利一腳重重地踢中了木添，木添整個人朝後一飛，重重地倒在地上。

洪佩貞轉過來看到任凡，此時任凡竟然背對著她，沒有半點防備。

見機不可失，她立刻朝任凡撲了過去，掐住了任凡的脖子。

任凡似乎完全沒料到與木添打到火熱的洪佩貞會突然偷襲自己，才剛轉身就被洪佩貞給掐住了。

洪佩貞心裡正得意，卻想不到任凡臉上竟然露出不懷好意的笑容。

任凡將右手舉起來，對佩貞比了個中指，然後叫道：「就是現在！」

任凡將中指朝眉心一戳，一股強大的力量把洪佩貞從雅欣的身體中給震了出來。

完全不知道任凡何時有如此神威的中指，正想要逃跑的洪佩貞，腳步還沒站穩，後面的張樹清已經等在那裡。

張樹清一咬牙，將鎖魂鍊朝洪佩貞身上一抽，鎖魂鍊彷彿有了生命一般，打中了洪佩貞的同時，宛如一條咬住獵物的巨蟒般，纏繞住洪佩貞的身體。

原本還不把張樹清當作一回事的洪佩貞，這時用極為怨恨的眼神瞪視著張樹清，張樹清先是一凜，但是一輩子抓過無數歹徒的老警員，這時又恢復了昔日的光彩。

他仰起臉來看著洪佩貞在鎖魂鍊中痛苦掙扎，臉上沒有半點表情，跟他當年逮捕的每個嫌犯一樣。

張樹清將鎖鍊一抽，洪佩貞的慘叫與她的魂魄也跟著消失。

完成了收鬼的任務，這時張樹清才重重地喘了口氣。

任凡笑著點了點頭，表示讚許，張樹清靦腆地笑一笑。

「張大哥！」眼看自己的老長官大顯神威，收了這個恐怖的女鬼，方正開心地跳了起來：「你成功了！」

張樹清害羞地搔了搔頭。

任凡受不了地搖了搖頭，而另外一旁的木添卻沒有半點喜悅之情。

想不到自己這段時間的修練，完全看不出效果，在一個女鬼的攻擊下，竟然施不上半點力。

方正趕緊過去查看兩人，詩宜看情況應該只是受了點驚嚇，沒什麼大礙。

另外一邊的任凡，檢查這些日子被鬼附身的雅欣時，搖了搖頭嘆了口氣。

「她怎麼了？」方正一臉緊張。

任凡還是搖了搖頭。

「她到底怎麼啦？你搖頭我不懂啊。」

「斷氣了、死了、沒命了，你還有什麼疑問嗎？」

「怎麼會！」方正臉色鐵青。

「你說咧？在鬼門關前面烤肉，我都不知道是誰要被吃。你沒聽過螳螂捕蟬黃雀在後嗎？情況大概就是這樣囉。」

「為什麼！」聽到這裡，原本愣在一旁的詩宜突然放聲大哭了起來。眼看著所有當初一起出遊的好友，全部都死光了，詩宜再也受不了，開始痛哭失聲。

木添幫忙安慰著詩宜，而另外一旁的方正將整起案件告訴了任凡，等方正說完，詩宜也逐漸平復了情緒，可是任凡卻是越聽越火大。

「你們遇到那個女鬼的時候，為什麼不跟她說你們不相信鬼，請她去找別人呢？」任凡冷冷地問著詩宜：「是不是妳不相信世界上有手槍，手槍就殺不死妳？都已經什麼年代了，還有你們這種義和團的想法存在，真是太不可思議了！我看你們這個社團才真的是蠢到不可思議。」

「現在不是說這個的時候，」方正皺著眉頭責備著任凡：「事情都已經結束了，何必這樣說呢？」

「結束了？哈，」任凡笑著搖搖頭：「這個女鬼解決了，那外面那些呢？」

被任凡這麼一說，方正才突然想到剛剛把大家趕到這間屋子裡面的鬼魂。

「那些鬼魂到底是打哪裡來的啊？」

「他們？」任凡指了指外面：「他們就是被這女鬼殺死，在這個地方成為冤靈的鬼魂。原本用來鎮壓這些鬼魂怨氣的鎮魂石，被這些大學生拿去烤肉了，這些鬼魂的怨氣又重新聚集了。現在還不到鬼門關的時間，一旦過了鬼門關的時間，這些束縛著鬼魂的線就會斷裂。到時候想要把這些鬼全部抓起來，恐怕一年半載的時間都不夠，在這之間又不知道會死多少人，這一切就是這些大學生鐵齒的後果。」

作夢也想不到自己無知的行為，竟然會引發這麼嚴重的後果，詩宜又哭了出來。

「對不起！」詩宜哭著說：「我們、我們真的不是故意的，我們真的是無辜的啊！」

「哼，無辜？」任凡冷笑：「無知本來就是一種錯，不知道自己的無知，還自以為是更是不可原諒的錯。就算讓你們證明了世界上沒有鬼魂了又如何？信仰還是會存在，鬼魂依舊會存在。你們得到的永遠都只有虛榮。為了自己的虛榮闖下了這等大禍，還有什麼好解釋的？你們一開始就站在不相信的立場，本身就已經不客觀了，還談什麼科學？」

這或許是木添第一次贊同任凡所說的話。

「好了，現在責備她也已經太遲了。」方正安慰著任凡：「更何況他們一路上已經被法師罵到臭頭了。」

聽方正這麼說，任凡也不想多說，只簡單的告訴方正：「現在的問題是，要怎麼把這些鬼魂給趕回鬼門，你有辦法嗎？」

方正轉過去看了看木添，木添聳了聳肩表示他也沒有辦法，轉過來看著任凡，任凡無奈地搖了搖頭。

外面的鬼魂越來越多，天色也越來越暗，距離鬼門關的時候越來越近了。

眾人一籌莫展，只能坐在鐵皮屋裡面發呆。

旁邊的詩宜抱著自己好友的屍體，哭到暈了過去。無奈現在大家都出不去，根本無法送她出去休息。

「如果黃鳳嬌在這裡就好了，」木添看著外面騷動的鬼魂，有感而發：「我相信全世界只有她可以讓這些惡鬼乖乖就擒。」

木添的話讓任凡感到不耐煩，一整個晚上只聽到他在那邊黃鳳嬌長、黃鳳嬌短的，不免也太沒骨氣了。

「你左一句黃鳳嬌、右一句黃鳳嬌，你是有完沒完啊！」

木添不屑地看著任凡，啐道：「哼！跟你這種人說了也是白說！你就只知道騙神騙鬼、騙吃騙喝！你才是最應該慶幸黃鳳嬌天師不在這裡！不然啊……嘿嘿。」

「是嗎？」任凡相當不以為然，瞪著木添答道：「她在這裡又如何？」

木添指著任凡答道：「如果被她見到了你，我看啊，她一定會把你打入黃泉，看你還怎麼囂張得起來！整天靠著自己有陰陽眼，跟鬼魂勾結騙神騙鬼。」

「你又知道她會怎麼做了？你跟她很熟啊？」

「她的故事我最清楚了，雖然沒見過她，不過我可以告訴你，」木添不懷好意地笑著：「你不要以為天底下就只有你一個黃泉委託人可以橫跨兩界。她法力高強，嫉惡如仇。為了正義與天理，她走遍大江南北，抓鬼除魔。要是你這種作奸犯科之徒，被她知道了，就算你躲到天涯海角，都躲不了黃鳳嬌天師的法眼。所以說，不要說我沒勸你，在你的惡行沒有傳到天師耳裡之前，趕快棄暗從明，回到正軌吧。」

任凡無奈地搖了搖頭答道：「你說你很熟悉她，那麼請問一下，你知道她今年貴庚嗎？」

「如果她還活著的話，應該六、七十了。」

「那就對啦，你找一個六、七十歲的老人家來這裡救你，你不害臊嗎？」

木添一聽暴怒，指著任凡：「你——」

「你什麼你？抓鬼不在行，鬥嘴又說不贏人家，還在這邊大小聲。什麼黃鳳嬌在這裡就怎樣怎樣，我告訴你，就算黃鳳嬌在這裡，也會先被你氣死！」

任凡一番話簡直就像火上加油，木添不再多說，掄起劍就想朝任凡撲過來，一旁的方正趕緊抱住木添。

「是不是想要頭上多一個包？」任凡說著又掄起了拳頭，挑釁地對著木添。

「夠了！」方正大吼：「你們兩個不要再吵了！」

木添甩開了方正，惡狠狠地瞪了任凡一眼，然後走到鐵皮屋另外一邊，不想再跟任凡辯論。

任凡聳了聳肩，也到另外一邊坐了下來，不發一語。

方正與張樹清互看一眼，兩人也是一臉無奈。

眼看兩人針鋒相對、誓不兩立，就連方正也不知道該如何是好。

比較起來，對這次才剛認識的木添來說，方正還是跟任凡比較熟。

「別這樣，現在的情況非同小可，你們這樣鬥下去，不是拿自己跟大家的生命開玩笑嗎？」

「問題不在我身上啊！」任凡一臉無辜：「你跟我說有什麼用，你應該去跟他說，現在不肯合作的人是他啊！」

「這我知道，可是我說的他不肯聽，」方正無奈：「所以我想，你可不可以……開口求他一下。」

「什麼！我求他？」任凡一臉嫌棄：「別逗了你！」

「不然這樣下去要怎麼辦？」方正攤開了手：「你有什麼可以把這些鬼趕進去鬼門關的方法嗎？有就快說，距離十二點只剩下不到半個小時了！」

「方法我有，不過需要三個人合作，」任凡用下巴指了指木添：「你覺得他會合作嗎？」

「所以我才叫你去求他啊！」

任凡不回答，只是惡狠狠地瞪了方正一眼，然後撇過頭去，不再理會方正。

方正叫了幾聲，任凡都不再理他，方正無奈只好坐回牆邊，看著兩個宿敵彼此鬥氣。

過了好一陣子，任凡突然站了起來，面無表情地朝木添那邊走了過去。

看到任凡朝木添走過去，方正喜形於色。

果然任凡還是個會顧全大局的人。

任凡走到了木添身後，瞄了木添一會之後，踢了木添一腳。

「喂，兩光法師，你給我聽清楚了。」

一聽到任凡這樣講，方正整個臉垮了下來，這種態度一點都不像請求。

用這種態度想要易木添配合，連方正都知道是不可能的事情。

果然木添一聽，臉一沉整個人倏地站起，一對眼珠彷彿要噴出火般瞪著任凡。

想不到任凡卻在這個時候嶄露出詭異的笑容。

「只要你乖乖跟我合作，我就帶你去見你心目中的神仙法師——黃、鳳、嬌。」

果然此話一出，原本怒目相對的木添眼神為之一亮。

「你認識她？」木添一臉狐疑。

「我認不認識她不重要，」任凡搖了搖頭：「我答應你，只要你好好配合，把這個事件搞定，我就會讓你見到她。」

木添半信半疑考慮了一會，揮了揮手又想坐下：「你不認識她就不要浪費我的時間，光是他同門的師弟師妹都不知道她退休之後人在何方，我不相信你找得到她。」

「哼，我可不像你，我黃泉委託人一言九鼎。」任凡一臉得意地說：「不管是人還是鬼，我都一樣守信。不管找人還是找鬼，都是我最擅長的事情，不相信你可以去打聽打聽。」

任凡不論找人還是找鬼的神奇功夫，方正親眼見過不知道多少次了，這時在旁邊點頭附和。

即便如此，木添還是一臉懷疑。

「你會怕或者不想見可以明講，不需要拿我的可靠性做藉口。」

任凡揮了揮手，作勢轉身就要回去自己的位置。

「我會怕？」木添跳了起來：「好！我不怕被你騙，來！我就配合你，只要這件事情一過，你就帶我去見黃鳳嬌天師。」

「行！」

想不到木添竟然會願意跟任凡聯手，方正大喜，跑到兩人身邊。

「那麼現在該怎麼做？」

「他們是被囚禁在地獄的鬼魂，像這樣的鬼魂，鬼門對他們來說都有一種束縛力，讓他們無法離開。但是這些鬼魂當年就是因為太凶狠了，所以才需要鎮魂石，不然無法順利被吸回去地獄。然而現在鎮魂石的力量沒了，雖然束縛力還在，但是只要時辰一過，束縛力一斷，到時候只有靠鬼差一個一個抓，不然就是他們自己跳進去。」任凡解釋自己的計畫：「所以我們必須讓他們留在這裡，我們鬼門所在的這間鐵皮屋當作頂點，另外兩個人繞到後面去，在後面做出一面牆，讓他們逃不出去，接著慢慢收線，就可以把他們推回鬼門裡面去。」

2

按照任凡的計畫，在分成三隊的隊伍之中，就屬任凡跟張樹清的陰氣最重，畢竟任凡本來就是陰氣極重的人，再加上一個鬼，所以由他們鎮守最後的鬼門是最適當不過了。

只要等到鬼門一開，這些鬼魂可以將注意力集中在任凡，這樣一來方正跟木添就有足夠的時間在後面做出一道結界，讓這些鬼魂逃不出去。

所以最重要的關鍵是——方正跟木添這邊在繞過鬼魂的時候絕對不能被發現。

只要他們可以在後面築起一道線，與鬼門形成三角形的結界，到時候任凡在張樹清的保護之下，吸引住鬼魂的注意，方正與木添慢慢把三角形縮小，就可以順利將這些鬼魂逼到鬼門裡面。

這裡是一片荒原，雖然雜草叢生，但是至長不過淹沒人的膝蓋。

方正與木添，兩人一人從左邊，一人從右邊，匍匐前進試圖穿越鬼群聚集的地方。

雖然已經退伍多年，但是方正在警界服務，仍然保有相當的身手。

只見才短短不過幾分鐘，方正已經快要穿越眾鬼了。

自從被任凡在凶宅羞辱了之後，木添苦心鑽研法術，讀遍各式各樣的書籍，並且四處打聽關於黃泉委託人的消息。

幾乎什麼可以做的都做了，就是沒有鍛鍊體能。

現在連木添自己都覺得不可思議，畢竟那次凶宅與任凡交手的經驗之中，任凡根本沒有展現過任何玄學道法，自己會認為他是這行高手，完全是根據他那「黃泉委託人」的稱號。

有這樣的稱號與鬼為伍是自然，而會一些法術與鬼周旋更是理所當然。

然而卻萬萬沒有想到，這男人不會半點法術，除了天生就有靈力與陰陽眼，加上那沒什麼威力的中指，其他什麼都不會。

早知道自己的宿敵是這樣的人，自己這幾年的修練只要鍛鍊身體，可以打得過他就好啦！

千金難買早知道，現在的木添，才不過剛爬出木屋不到五十公尺，他已經感覺到渾身僵硬，就連骨頭都快要散了。

雖然現在是深夜，不過終究是夏末，剛剛在跟任凡吵架還有抓鬼的時候，不自覺地流下了滿頭大汗，現在又這樣趴在地上匍匐前進，早就已經濕透的道袍這時也開始散發出渾身的汗臭。

味道飄散開來，反而成為一種吸引鬼魂的味道。

只見有幾隻嗅覺比較靈敏的鬼魂，彷彿嗅到了生人的味道，開始慢慢朝這邊靠攏。

木添不免開始心慌了起來，想要加速前進。

屁股就這樣不自覺地向上翹了起來，從原本的匍匐前進便成了狗爬式。

遠處的任凡看到此景暗叫不妙，因為從任凡所在的地方，很清楚的可以看到木添的屁股已經從草叢中冒了出來，形成了只有一個屁股在草叢上面遊走的詭異模樣。

既然任凡都看到了，當然也意味著其他鬼魂也看得到。

果然原本注意力一直集中在任凡這邊的鬼魂，一個接著一個轉過頭去，看著那個在草叢中慢慢往前蠕動的屁股。

這時另外一邊的方正已經綁好了繩索，並且照著木添所說的，將八卦鏡給綁好，抬起頭來一看，只見情況與預期的完全不同。

原本應該聚集在任凡那邊的鬼魂，已經開始緩緩朝著木添的方向移動。

方正不解，將視線轉過去，只見一個屁股正逐漸朝著預定的方位移動。

過度的疲累，讓木添耳中出現了嗡嗡的耳鳴，就連肉體都已經快到了極限。

木添咬緊了牙，好不容易挨到了預定的地點，喘了幾口氣之後，緩緩從草叢中探出頭來，想要看看方位正不正確。

一抬起頭就看到了遠處在另外一邊的方正，整個人站起來對自己揮手。

看到這種景象，讓木添嚇了一大跳，不是已經告訴過他要小心自己的蹤跡嗎？怎麼還這麼大膽地站起來亂揮手？

木添咬牙切齒地要方正蹲下，可是方正卻仍舊緊張地揮著手，並且不斷指著自己。

木添注意力完全集中在方正身上，絲毫沒有注意到身後宛如一片洪水般湧來的鬼魂。

眼看鬼魂就快要到木添身後，方正終於再也忍不住大聲喊了出來：「你後面啊！」

木添一回頭，整個人嚇到跳了起來。

愣了一下，木添趕緊手忙腳亂將木棍隨意插在地板上，將繩子拉起來，正準備綁八卦鏡的時候，鬼魂已經到了伸手就可以碰到木添的地方，木添不得已只好放棄綁八卦鏡的工作，轉身開始朝鐵皮屋狂奔。

另一方面，出聲警告木添的方正，也吸引到了鬼魂的注意。

既然手邊的工作已經完成，方正二話不說也開始朝鐵皮屋狂奔。

兩人先後衝進鐵皮屋內，外面的眾鬼魂也緊跟著衝了進來。

「過來！」任凡揮了揮手要兩人過來。

躺在地上暈過去的詩宜也被任凡搬到了鬼門所在的牆壁之下，眾人就這樣緊緊貼著鬼門的牆，不敢亂動。

張樹清則拉起了鎖魂鍊，擋在眾人的面前。

雖然有張樹清的阻隔加上對鬼門的畏懼，鬼魂始終不敢太靠近，但是卻仍然距離眾人不過兩三步的距離。

大夥貼著牆壁，大氣都不敢喘。

鬼魂們追到了鬼門之前，伸出無數的手在眾人臉前不到三公分的地方揮舞著，希望可以搆到。

「時辰到了。」

擋在眾人前面的張樹清苦著一張臉，宣布鬼門關的時間已經到了。

想不到自己第一次被鬼差總管葉聿中指派的工作，最後竟然會演變成一場災難，心中有著無限的遺憾，但是自己力有未逮，這也是無可奈何的事情。

任凡咬著嘴唇，無視眼前那些想盡辦法要抓到眾人的鬼魂，將眼光移向木添負責的那個缺口。

沒有綁上八卦鏡的地方，只靠墨繩很難困得住這些鬼魂。

鬼門已經開始關閉，沒有束縛的鬼魂，雖然有些還是執著於任凡等人，不過漸漸有鬼魂朝外面移動。

雖然方正那邊已經完成，可是少了木添那邊，就好像缺了一個缺口的水瓢一樣，最後還是會漏光所有的水。

第6章．黃泉雙飛

1

這下就算是傳奇天師黃鳳嬌在場恐怕也難救了。

被突破的缺口宛如水壩的裂縫般，從原本一兩個鬼魂到後來所有在場的鬼魂都從這個缺口逃了出來。

就連原本在面前想要抓到任凡等人的鬼魂，也陸陸續續離開了。

今年人世間肯定會有一場腥風血雨。

悔恨的心情在木添的眼眶裡面打轉，想不到自己苦心修練的結果，仍然不如這個讓他覺得邪魔歪道的黃泉委託人。

不，更糟糕的是，這些掙脫了地獄的束縛，可以在人世間橫行的鬼魂，不知道會害死多少無辜的人，這一切都只因為自己的失誤。

眾鬼們從通往山上唯一的路上集結，然後一鼓作氣朝下面奔去。

眼看著這些宛如脫韁野馬的惡鬼們朝著道路盡頭奔去，就連任凡也束手無策了。

這時，兩個身影出現在道路的盡頭。

那兩人在場的除了易木添之外，眾人都非常熟悉。

她們是常常跟在任凡身邊的小憐與小碧，兩人離去之後，就一直沒有回來，一直到現在。

「快讓開！」任凡看著兩人擋在眾鬼必經的道路前，緊張地喊道：「小心啊！」

小憐跟小碧跟著任凡好一段時間了，怎麼可能會不知道這些從地獄脫逃出來的鬼魂有多凶狠，尤其是現在敵眾我寡，以兩人現在的功力，恐怕也會遭遇不測。

可是兩人卻視若無睹，只對後面揮了揮手。

這時就連任凡都不知道兩人到底找來了什麼幫手，可以對眼前的一切視若無睹。

一把巨大的長柄武器從天上射了下來，長槍穿過了其中一個鬼魂的胸口，斜斜地插入水泥的地板中。

被射穿的鬼魂大聲哀嚎，其他鬼魂也因此震懾住，停了下來。

任凡看到那把武器，整個臉都垮了下來，喃喃說道：「不會吧……」

「哈哈哈哈！」一陣豪爽又洪亮的笑聲震撼著山谷。

只見小憐、小碧身後，這時出現了兩個身形巨大的男子。

一個豹頭虎鬚，虎背熊腰，一對又大又凸的眼珠子就連遠在鬼門的眾人都看得一清二楚。

另外一個人雖然身形壯碩，但是比起旁邊的那個大鬍子還要小了一點，雖然臉上也留著鬍子，但是怎麼看都比身旁那個看起來就像屠夫的壯漢還要文雅許多，頭上還戴著一個古代的冠冕。

而那陣讓人震耳欲聾的笑聲，正是那個有如屠夫般的男子所發出來的。

那屠夫般的男人走向插在地面的槍，單手將槍給拔了起來，甩掉還掛在上面的鬼魂，將槍一橫，對著眾鬼怒斥：「黃泉雙飛在此！想死的就過來！」

站在後面的男子一聽到那屠夫這麼說，皺著眉頭說：「我不是說過叫你不要報這個名號！」

屠夫身高比起眾人之中最高的方正還要高上一個頭，而且渾身結實的肌肉與凶狠的臉孔，讓在場所有的鬼魂連靠近都不敢。

眼看這些鬼魂沒有一擁而上，屠夫面露不悅之色。

「嘖！一群膽小鬼！」屠夫說完，奮力一躍，跳到了其中兩個站在最前面的鬼魂面前吼道：「你們不上！那我就來啦！」

話才說完，那屠夫已經一拳將兩個鬼魂給打到飛了起來。

「根本是你自己想要打架吧。」站在小憐旁邊的男子攤開雙手無奈地說。

狗急尚可跳牆，更何況這些本來在人世間也算是狠角色的惡鬼們。

眼看這屠夫竟然主動攻過來，眾鬼魂不再猶豫，群起發動攻擊，朝那屠夫攻了過來。

這些鬼魂一擁而上，眼看著就要將這屠夫給淹沒，想不到這屠夫將槍一揮，整片的鬼魂就被他掃了出去。

一場混戰就在眾人中間開打了起來。

不管多少鬼靠過來，那屠夫總是有辦法將這些鬼給打退。

原本還為了小碧小憐找來的援軍只有兩個人感到絕望的方正，此時看到這屠夫勇猛的模樣，不自覺地張大了嘴。

這人如此勇猛，想必在歷史上也是有頭有臉的大人物，卻不知道到底是什麼人。

就在方正這麼想的同時，那屠夫打到興起，又放聲大笑叫道：「哈哈哈哈！你們這些小鬼，比不上當年我在長坂橋上遇到的曹兵！再來多一點，讓我打個痛快吧！」

長坂橋？曹兵？

一聽到這個線索，加上這人真的長得就跟屠夫一個模樣，方正再度感覺到自己的腦袋上面有個燈泡亮了起來。

「他該不會就是那個……張飛吧？」

任凡搔了搔頭，皺著眉頭點了點頭。

難怪他會自稱是黃泉雙飛，畢竟他的名字有個飛字。

眼前這個如果真的是舉世聞名的張飛將軍，那麼另外一位可以跟張將軍齊名，並稱為黃泉雙飛的人又是何許人也？

就在方正還在心中揣測的時候，下面的張飛突然叫了出來。

「真是太爽快了！」張飛一邊打，一邊對著還站在小憐、小碧身邊的男子吼道：「二弟，你還愣在那邊幹什麼？還不快下來一起打！」

那男人冷冷地說：「我沒你那麼野蠻，整天只會打架。」

一聽到張飛叫他二弟，方正立刻聯想到有名的桃園三結義，三兄弟中的老二正是有名的關公關雲長，可是這人怎麼看都不像武神關羽。

而且自己如果沒有記錯的話，張飛在桃園三結義中，排行老三，輩分比關羽還小，怎麼會叫他二弟呢？

這時打到昏天暗地的張飛又再嚷嚷了起來。

「哈哈哈哈！唉唷！我好像打死一個女真人了！這個也是！怎麼這些人看起來個個都像女真人啊！」

張飛裝模作樣，打完一個之後縮一下，然後叫道：「原來這些人都是女真人啊！」

「什麼！」

一聽到底下的張飛這樣嚷嚷著，原本和顏悅色的男子頓時變臉，就連頭上的冠冕也被那瞬間爆飛起來的頭髮給衝飛開來，男子伸手一扯，將自己的上衣給撕裂開來，背後清楚可以看見四個字綻放出紅色的光芒，清楚寫著「盡忠報國」。

男子縱身而下，加入了這場混戰。

「那、那個就是岳飛？」

「看他背後的那四個字你還不知道嗎？」任凡白了方正一眼：「怎麼現在當警察的可以完全不懂歷史嗎？」

「這我當然知道！」方正怒駁：「知道跟實際上看到是完全不一樣的兩回事好不好！我不相信這世界上有多少人親眼看過岳飛背上的刺青。」

任凡聳聳肩。

「更讓人驚訝的是，」站在一旁的木添也看得目瞪口呆，吞了口口水說道：「他還真的會怒髮衝冠耶。」

就在眾人閒聊之際，黃泉雙飛的威力已經鎮壓住了眾鬼，只見還沒被打趴的鬼魂們，個個都退到了鬼門邊。

眼看黃泉雙飛一步步靠近，嚇到魂飛魄散的鬼魂們，一個接著一個自己逃進了鬼門之中。人世間有這兩個傢伙，如果被他們抓到了，恐怕比地獄還要恐怖吧。

鬼魂們前仆後繼地衝往鬼門，頭也不敢回地跑了進去，原本就快要一湧而出的惡鬼們，在張飛與岳飛的聯手之下，一個不剩地全部逃回了鬼門。

解決了這群惡鬼之後，張飛跟岳飛兩人走到任凡身邊。

「哈哈哈哈！三弟！」張飛偌大的手臂拍了拍任凡的肩膀：「你活膩了就快點往生吧！大哥跟二哥等你成為黃泉三飛很久了！不過一定要記得，死前要把自己的名字改成謝任飛，這樣才能完成黃泉三結義，成為黃泉三飛！跟我在世時的桃園三結義一樣成為絕響！爽啊！」

「你還甩不掉他啊？」任凡冷冷地問著旁邊也是一臉無奈的岳飛。

「誰甩得掉啊。」岳飛一臉無奈。

「哈哈哈哈！真是爽快啊！」張飛渾然不理會兩人的冷言冷語：「好久沒有這麼爽快了！」

張飛可以算是任凡最忠實的客戶，當張飛從屈原那邊知道了任凡之後，三不五時就會上門找任凡，幫他完成一些詭異又無厘頭的委託。

而就在其中的一個委託之中，張飛要求任凡去找岳飛，誰知道張飛的目的竟然是要找岳飛單挑。

好不容易讓整場鬧劇最後和氣收場，換來的竟然是張飛死纏著岳飛不放，還擅自作主組成了「黃泉雙飛」這莫名其妙、不知所謂的組合。也不管岳飛跟任凡的意願，逕自作主跟兩人結成異姓兄弟。

「我在人世間都當人家的么弟，好不容易到了黃泉，認識了你們兩個肝膽相照的好兄弟，照存活的年代來說，我最大，當然我是老大。岳弟次之，謝弟你就當老么吧！」

張飛就這樣自作主張的主持了一場結拜儀式，自此一直纏著岳飛不放。

原本要去搬救兵的小碧，一想到對方這些惡鬼宛如軍隊般，擔心自己找來的人有如一盤散沙，對付不了這些惡鬼。

轉念就想到這兩個曾經帶兵打過戰的將軍，想不到找到了岳飛也一同找到了張飛，兩人一聽到任凡有難，千里迢迢趕過來幫忙。

想不到這次真的救了任凡一命，還化解了一場大災難。

於是在黃泉雙飛與張樹清的協助之下，任凡關起了最後一扇鬼門，而今年的鬼月也這樣畫下了句點。

2

翌日——

任凡找人的速度果然讓木添沒話說，第二天果然與木添約好了時間。

為了實現自己對木添的諾言，任凡帶著木添，踏上尋找傳奇天師黃鳳嬌之路。

這條路對任凡來說，一點都不陌生。

他們開上了山坡，朝著台北郊區的山上開著。

一路上，這兩個宿敵之間沒有半點交談，坐在客座的木添，不停地對著鏡子整理自己的儀容，希望等等如果見到了傳說中的黃鳳嬌，可以讓她對自己留下個美好的印象。

對木添而言，根本就是美夢成真。

作夢也不敢想像自己竟然可以真的跟黃鳳嬌見面，心情也因此忐忑不安。

這時車子緩緩地停了下來，木添緊張地看了一下四周。

四周一片樹林，環抱著一片小小的空地，在空地之中，一間平房就坐落在那裡。

這裡就是黃鳳嬌引退的住所嗎？

一看到四周的環境，木添的感佩之情更加深了一層。

這不正是大家所說的退隱山野嗎？

果然有宗師的風範。

就在木添仍沉溺在欽佩之情中，任凡已經下了車。

「臭小子！」一個聲音從平房裡面傳了出來：「你上次竟然放我鴿子！」

這聲吼叫讓任凡縮起了脖子。

一個手拿拐杖的老婦人從平房中衝了出來，用拐杖指著任凡罵道：「然後平安無事也不知道要跟乾媽報平安！」

老婦人正是任凡的乾媽，撚婆。

這時撚婆才注意到，任凡帶來了一個陌生男子，而自己責備任凡的景象讓陌生男子瞪大了雙眼。

「她就是你要找的人。」任凡用手指了指撚婆。

木添張大了嘴，一臉難以置信：「蛤？」

就連一旁的撚婆也堆起了一臉狐疑，因為她並不認識眼前這不起眼的男人。

木添愣愣地望了一眼撚婆，然後回過神來，突然單膝著地拱手對撚婆說道：「黃天師在上，請受晚輩木添一拜。」

撚婆白了任凡一眼，冷冷地道：「你是嫌我太無聊嗎？先是帶一個大塊呆，這次又帶來這個什麼怪咖？」

任凡聳了聳肩，無奈地說：「是妳自己名聲太大，這傢伙一直口口聲聲把妳掛在嘴邊。」任凡學起木添，一臉欠揍地說：「一直在那邊說什麼傳奇法師黃鳳嬌怎樣怎樣的，所以我就帶他來見妳啦！」

撚婆一聽，縮起了肩膀叫道：「唉唷，夭壽，你別再叫啦。你也知道我一聽到那個名字就會全身起雞皮疙瘩。」

任凡一臉死魚眼，搖了搖頭道：「哪有人對自己的名字過敏成這樣的。」

「你不是知道我以前遇過的那件事情，從那之後，我就不再用這個名字啦！」撚婆搓著自己的手臂：「只要一聽到人家這樣叫我，我就渾身不對勁！」

撚婆與任凡這樣你一言我一語的說著，完全不管還跪在地上的木添。

不過就連木添自己都彷彿靈魂出竅般，痴痴地望著撚婆與任凡。

黃鳳嬌的抓鬼故事，幾乎每一則木添都謹記在心。

在木添的心目中，像黃鳳嬌這樣有高強法力的法師，年輕的時候一定是個美若天仙的法師。

就算年紀稍長，也會是個態度優雅，言談中充滿佛理，舉止中帶有玄機的慈祥老人家。

想不到今日一見，竟然會是這樣一個看起來就沒什麼的老太婆，而且說話的模樣跟任凡簡直就像是一個模子刻出來似的。

石像化的木添就這樣痴痴地跪在原地。

這大概就是所謂的夢想破滅吧。

「你是當我作古了喔？」撚婆瞪了跪在地上不肯起來的木添：「還不快起來？難不成你真的要我這個老人家去扶你嗎？」

聽到了撚婆這麼一說，木添才愣愣地站了起來。

過去自己所幻想的那些故事景象，現在就像一個接著一個的泡泡般破滅。

「等等！不對！」木添突然想到了一件重要的事情，用手指了指撚婆：「如果她真的是抓鬼天師黃鳳嬌，」然後將手指轉向任凡：「而你又是她的乾兒子……那你不就是那個『怨靈獵人』？」

任凡皺著眉頭，輕輕地點了點頭。

「你不是已經死了嗎？」木添一臉驚奇，就好像真的看到了一個往生者突然站起來似的：

「我聽說你跟天師兩個人，為了收服劉曉碧與朱緣憐那兩個心狠手辣的厲鬼，搞到一死一重傷，費了好大的功夫才消滅她們。」木添轉向撚婆：「這場慘烈的戰鬥讓妳失去了唯一的乾兒子，傷心欲絕的妳才決定退隱江湖！」

任凡一臉納悶：「蛤？」

木添轉過去，對著即將落山的夕陽，回憶著腦海裡面的故事說道：「在我閉關修練的那段時間，從師父那聽到了這個悲慘的故事。我永遠不會忘記這個故事，這是黃天師抓鬼生涯中最精采的一段。在我聽到了這件事情之後，我每天夜裡都會詛咒那兩個又肥又醜陋的女鬼！」

「等等，你見過她們兩個嗎？」任凡皺著眉頭問道：「怎麼會說她們又肥又醜陋？」

「就是因為她們的關係，害我們偉大的黃天師退隱江湖！我管她們長什麼模樣，就算她們不肥不醜，我也要咒到她們來生長得又肥又醜，下輩子當豬！」木添說得咬牙切齒：「我當時就立下了志願！如果她們還在人世間，我一定會親手滅了她們，幫天師的乾兒子報仇！」說完之後，木添垮下了臉，對著任凡：「可是你竟然還活著！這……」

就在木添說著的同時，身後的小碧、小憐也跟著臉越來越臭，一聽到又肥又醜陋，兩人的臉色已經變得鐵青，一對朱唇也因為咬緊了牙齒而不斷顫抖。

兩人互看一眼，然後緩緩緩地點了點頭。

「真是不好意思，我沒死成。」任凡無奈地搖了搖頭：「還有，如果我是你，我會盡量不要在別人面前說別人壞話。」

「嗯？」

木添心一凜，想起了那兩個一直如影隨形跟著任凡的女鬼。

這一路上任凡的確叫兩人小碧與小憐……

如果自己的推論一切屬實的話，那麼那兩個女鬼不就是……

木添緩緩將頭轉過來，小碧、小憐兩人早就已經氣到秀髮都飛了起來。

「啊！」

沒給木添任何反應的機會，兩人一人一邊將木添給架了起來，朝後面的森林飛去。

「天師！天師！救命啊！」木添哀嚎：「不好意思啦！我知道錯啦！」

撚婆絲毫不理會木添，揮了揮手叫任凡：「凡兒，進來跟乾媽說說，你今年鬼月又接了什麼比較特殊的委託。」

兩人渾然不理會被小碧、小憐抓到樹海裡面去的木添，逕自進屋裡去。

沉入雲海的夕陽，將孤獨佇立在山坡上的小屋灑上一股哀傷的色彩。

而森林裡面不時傳來男子淒厲的哀嚎，為這景象增添了一點憂傷。

番外・約定

1

是夜，一條公路沿著山坡宛如一條蛇般，向黑夜的深處蔓延而去。

固定間隔的路燈，讓公路與一旁的山坡形成了一段段光明與黑暗迥然不同的世界。

一台小客車在公路上奔馳，整條公路此刻就只剩下這一台車，看起來特別的落寞。

這讓小客車的駕駛，確切地體驗到寂寞的公路這名詞真正的意境。

當然，這個小客車駕駛根本不可能知道，其實他並不孤單，在公路旁的山坡上，有個人正看著他的車子在這無人的公路上狂奔。

不過這當然算是幸運了，畢竟在這種時刻與那荒涼的山坡上，如果駕駛真的看到了人，說不定嚇都被嚇死了。

在目送車子駛離之後，那人搖了搖頭，嘆了口氣。

那是一個上了年紀的老婆婆，年過半百的她，雖然外型看起來顯得有點瘦小，但是雙目卻流露出一股不凡的目光。

她是撚婆，一個道上被人尊稱為「三爺四婆」之一的大人物。

不過那已經是十多年前的事情了，現在的她早就已經退隱江湖，不問世事。

原本還以為，自己就會這樣安養晚年，但是接二連三發生的事情，卻逼得她不得不重出江湖，重拾那些已經快要被自己遺忘的功夫。

在將近一年前左右，撚婆與她的乾兒子結伴而行，展開了一段對抗惡靈的旅程，而今晚這看似漫長的旅程，似乎接近終點了。

只是這個終點，不見得是撚婆與她的乾兒子任凡所樂見的。

因此在爬上這片山坡之際，撚婆突然感覺到疲累，不只是肉體上的疲累，更是心靈上的疲累。

因此剛剛看到那台車子的時候，讓她有種將車子攔下，然後揚長而去的想法。

不管怎樣，在解決這個案件之後，她會再次退休，並且永遠不再插手這些事情了。

自己是真的老了，真的不適合再這樣下去了。

雖然她知道，任凡肯定會對此有意見，不過這不只是為了她自己，也是為了任凡好，畢竟這條路真的太過於危險，不是普通人可以走的。

天曉得如果任凡繼續待在這條道路，最後會到什麼樣的地方，說不定連地獄都會闖進去。

為了防止這樣的事情發生，撚婆決定在這場戰役之後，就要徹底退休，不管任凡如何懇求，都不會再改變心意了。

下定決心之後，撚婆爬上山坡，在山坡的另外一側，有一個強敵等待著她。

這個強敵是撚婆這一生之中，對抗過最強大的敵人，甚至連撚婆都有了覺悟，如果自己注定要死在這條道上的話，那麼這個敵人，應該就是那個送自己一程的恐怖對手。

這個對手正是大名鼎鼎的武則天，中國歷史上的第一個，也是唯一一個女帝。

他們母子倆此行最後的目標，就是武則天，可是等到雙方正式交手之後，兩人才知道武則天的強大遠遠超過兩人所能想像的範圍。

不過目前兩人的狀態，可以說是騎虎難下，就算想要放棄也是不可能的事情了，因此也只能硬著頭皮上。

攀上了山坡之後，下面有座看起來就像是荒廢已久的墓園，撚婆看了之後，嘆了口氣。

雖然明知是陷阱，但是還是得要硬上——這就是這一對母子倆當前的處境。

一踏入墓園，撚婆立刻感覺到威脅，果然沒幾秒的工夫，就看到了許多人影，從地上浮現出來。

如果是其他人的話，或許會感覺到害怕或危險，不過對撚婆這樣的法師來說，心中浮現的卻是一種遺憾的感覺。

畢竟，這些人浮現出來，恐怕只是白白犧牲了而已，這才是讓撚婆感覺到遺憾的真正原因。

然而這些人完全不知道這一點，一浮出地面之後，立刻朝撚婆而來。

雖然不樂見這樣的情況，但是撚婆也知道自己不出手不行了，於是伸手朝自己的袋子裡面一摸，將手掏出來的同時，一大把的香灰也隨之揚起，瞬間撚婆的周圍陷入一片煙霧瀰漫的狀況。

使用香灰當作法器，也是撚婆這些年來行走在道上，最為人津津樂道的一點。只要撚婆手上有香灰，任何鬼魂在她面前都不得放肆。

不過這些一擁而上的人影，卻是渾然不覺，二話不說的全部衝到了煙霧之中，緊接著過沒多久，立刻就聽到煙霧裡面傳來的陣陣哀嚎。

在墓園的後方，有一座龐大的墓室，看起來就像是某個有錢人家的祖墳，只是可能因為家道中落，年久失修的關係，與前面的墓園一樣，有著同樣被荒廢的命運。

而在墓園的上方，站著一個女人，冷冷地看著前方墓園的戰鬥。

女人的形體有點模糊，那張冷峻的臉龐緊緊地盯著遠處那團煙霧，試圖想要看清楚裡面的樣子。

不過由於一來距離有點遙遠，二來加上那團煙霧目前只增不減，可以想見的是在裡面奮戰的撚婆，不斷撒出香灰，導致這團煙霧到頭來只增不減。

然而即便雙方隔著一段距離，不過在這個位置也可以聽到煙霧裡面傳出來的哀號聲。

隨著時間過去，哀號聲越來越小，同時間隔也越來越長。

儘管如此，女子還是緊緊地盯著那團煙霧。

就在這個時候，煙霧突然一散，兩道彷彿箭般的煙霧，一前一後從煙霧之中射了出來，直直射向女子。

女子也毫不閃避，煙霧形成的箭直接穿透過女子，原本就模糊的形體瞬間被打散，不過轉眼之間又立刻匯聚成形，完全沒有給她帶來任何傷害。

女子嘴角浮現出一抹笑意，這一次她可是有備而來。

上一次兩人交手的時候，就是輕忽了撚婆這些香灰形成的武器，才會讓她毫無招架之力，敗下陣來。

這一次她將自己煙霧化，如此一來，就算等等交手，也不會怕撚婆的香灰了。

站在墓園中間的撚婆，也看到了剛剛那一幕，想不到這一次對方會霧化，這倒是出乎了撚婆意料之外。

不過，撚婆倒也不是第一次闖蕩江湖，如果要說到對抗這些惡靈的經驗，恐怕全台灣沒有多少人可以跟撚婆並駕齊驅。

當然眼前這模糊的女人，不是別人，就是這一年來兩人最大的對手——武則天。

然而就連撚婆也知道，這並不是武則天的實體，真正的武則天即便到了今天，也不曾真正露面，總是用這種方法現身在兩人面前。

只是雖然不是實體，但是實力也絕對不容小覷，光是這種形體就已經讓撚婆覺得難以應付了。

武則天傲然地盯著撚婆，撚婆也不甘示弱，伸出手比了比示意要武則天放馬過來。

站在屋頂的武則天長嘯一聲，朝撚婆這邊撲了過來，撚婆也不退讓，伸出手就撒出幾把香灰，讓自己被淹沒在飄散於空中的煙霧之中。

已經霧化的武則天毫不畏懼，衝入煙霧之中，兩人立刻打了起來。

武則天的動作奇快，但是在煙霧之中，撚婆的功力更是大增。

雖然說實際上就視線來說，真正受影響的可能是撚婆自己，可是這些香灰形成的煙霧，本身就有一定的法力，可以完全壓抑對方的行動力，加上這些香灰是撚婆自己準備的，在出發之前，這些香灰都有作法與過爐，威力更是比起一般的香灰強上好幾倍。

因此即便霧化，將自身的傷害降到最低，武則天在霧中仍然不是撚婆的對手。

尤其是每當武則天想要攻擊撚婆，把自己的雙手實體化，化成彷彿利刃般朝撚婆攻去的時候，那雙手就會立刻受到煙霧的傷害，反而變成了武則天自受其害。

眼看自己在煙霧中討不到便宜，武則天立刻退出煙霧之外，撚婆見了也不追擊，仍舊待在自己灑出來的香灰煙霧之中。

武則天拉開兩人的距離，然後緩緩地將雙手攤開。

撚婆見狀，將手伸入袋中，因為她等待的正是這一刻。

在過去跟這些惡靈交手的經驗之中，當這些鬼魂知道香灰煙霧的威力之後，還能活下來並且拉開距離的，多半都只會做一件事情，就是想辦法把撚婆的煙霧吹散。

一旦對方真的這麼做的時候，撚婆就會用法力將對方的這股力量反轉，不但將風擋回去，還會順勢拋出一把香灰，讓這些香灰隨風反撲對方。

這算是撚婆的絕活之一，幾乎從不失手。

現在只要等武則天真的用靈力招來一陣風，就有機會結束這場戰鬥了。

只是等了一會，都不見那陣風，可是可以明顯地看出來，武則天正在施法，因為她略顯模糊的身影，此刻變得比較清楚了，畢竟霧化本身就需要法力，而在武則天施法的此刻，失去了對霧化的專注力，因此才會弱化了本來的霧化效果。

這說不定是攻擊的好機會。

就在撚婆這麼想的時候，突然感覺到不對勁，仰頭一看就看到了，一個鬼魂竟然凌空朝自己而來，速度極快就好像一顆朝自己墜落的流星一樣。

撚婆見了立刻向後一跳，那鬼魂立刻墜落在地面上，「啪」的一聲摔得血肉模糊。

撚婆還來不及搞清楚這到底是怎麼回事，仰頭一看，又有幾個鬼魂跟前面的鬼魂一樣，從天空彷彿流星般朝這邊而來。

撚婆小心地躲開了這些接二連三的鬼魂流星，趁隙看了武則天一眼，立刻了解到這就是武則天的反擊。

她用她最擅長的操魂之術，直接控制鄰近的鬼魂，當成宛如導彈飛彈般，直接攻擊撚婆。

這完全超過撚婆的想像範圍。

只見這些鬼魂飛彈越來越多，幾乎真的像是現代戰爭般，不停轟炸著撚婆所在的那片區域。

原本這些鬼魂不應該會墜落在地板上，但是由於要攻擊撚婆這個陽世的活人，因此武則天也將這些鬼魂實體化，才會在撞擊地板時發生反應。

這些被撞得稀巴爛的鬼魂，雖然不至於再死一次，不過魂飛魄散的程度恐怕要很長的時間才能再度將自己的魂魄慢慢組合起來。

這些鬼魂飛彈著地時也揚起了一陣塵埃，慢慢地撚婆所在的那片墓地，一時之間塵土飛揚，只是這一次搞出這片煙霧的，不是撚婆的香灰，而是這些前仆後繼落在地板上的鬼魂飛彈。

雖然說準度方面沒有很精準，不是每個飛彈都朝著撚婆而去，不過在這大量的鬼魂飛彈之下，就算真有人在裡面恐怕也難逃被打中的命運。

這樣的攻擊持續了一段時間，然後逐漸緩和了下來，慢慢地一切都歸於平靜。

天空中不再見到朝這裡飛來的鬼魂，那陣揚起的煙霧，也逐漸淡去。

原本已經荒廢的墓園，在這陣攻擊之後，徹底成為了一片廢墟，許多墓碑都被打碎，散落一地，滿目瘡痍的景象，就呈現在眼前。

而在這逐漸淡去的煙霧之中，武則天看到了，一個老女人就躺在地上。

見到了這景象，讓武則天的嘴角揚起。

這時候的武則天已經不再模糊，剛剛招來了這片鬼魂飛彈，讓她幾乎耗盡了法力，無法再維持霧化的能力。

不過這已經不重要了，因為這場勝負已決。

正打算過去看清楚對方的死狀，才踏出一步，武則天的身子突然一震，頓在了原地。

武則天緩緩地低頭看著自己的胸口，一支煙霧化成的箭從背後刺穿了她的胸口，武則天張開嘴，還來不及哀號，那煙霧化成的箭一爆，連人帶箭立刻炸成一片煙塵。

煙霧散去，一個人佇立在煙霧之中，正是剛剛應該躺在地板上的撚婆。

原來剛剛在鬼魂流星雨來襲之際，撚婆深知危險，立刻用上了替身娃娃，代替自己待在原地，自己則在煙霧與香灰的保護之下，逃出那片地方。

由於撚婆的門派擅長遮鬼眼，隱密自己的行蹤，因此武則天渾然不覺，靠著感應力還以為撚婆仍然在那裡面，因此持續著對那片地區的轟炸。

而撚婆就趁這個機會，繞到了武則天的背後，這時武則天已經耗盡了法力，自然不可能再靠霧化逃過自己的一擊。

雖然順利打倒了武則天，不過撚婆非常清楚，這不過就只是武則天的分身。

只是光是分身就已經有這種威力，讓撚婆不禁懷疑，如果真的她會有多強大的力量。

不，力量倒還在其次，真正讓撚婆打從心裡厭惡的，還是武則天的手段。

過去，撚婆對付過無數的惡靈，但是從來不曾對過讓她如此不舒服的對手。

操屍弄魂……這是撚婆的師尊天威道長最為不齒的行為。

身為天威道長的傳人，撚婆對於這種手段，相當不以為然。

面對這樣的對手，撚婆有種說不出的不安，更有說不出的厭惡感。

如果可以的話，撚婆希望可以快點結束這場對決。

不過在沒有找到方法可以徹底逼出武則天之前，這種情況，也只能一直彷彿無間地獄般的輪迴不休，直到自己敗在武則天手下為止。

當然，這種情況撚婆不是現在才注意到，所以也已經盡可能想辦法改變這樣的劣勢了。

當然今天晚上就是一個關鍵，在撚婆跟武則天交手之際，至少就兩人的推論，或許會有一個很大的突破點。

如果效果好的話，或許今天就能得到一些答案，這也正是今晚任凡與撚婆兩人分開來行動的原因。

「看你的了，臭小子。」撚婆在心中默禱。

2

同一時間，中部一條寧靜的巷弄之中。

一間看起來有點老舊的骨董店，就坐落在這條街道的角落。

在這已經打烊多時的骨董店之中，一個男子的身影，出現在店裡面。

男子拿著手電筒，像是在找東西一樣，東照照、西瞧瞧，臉上卻是一派輕鬆，一點也沒有半點小偷的模樣。

這個男子不是別人，正是撚婆的乾兒子，謝任凡。

就好像被店主邀請進來參觀的客人一樣，任凡毫不客氣地在店裡面繞著，一會兒摸摸這個，一會兒看看那個。

在彷彿參觀一樣繞了店裡一圈之後，任凡最後的眼光停留在一個花瓶上。

任凡緩緩靠過去，正準備伸手朝花瓶而去的時候，身後突然傳來一個清脆的咳嗽聲。

「咳！」

任凡沉重地閉上雙眼……然後嘴角緩緩地浮現出一抹笑意，與此同時，任凡身後不知道何時出現了一個人影。

光聽咳嗽聲，任凡也猜到是誰了。

「……又是你，」任凡轉過頭對著人影說：「你是在跟蹤我嗎？你該不會是對我有興趣吧？」

「你還真是固執啊，」人影冷冷地對任凡說：「真的要我殺了你，你們才會住手嗎？」

任凡聳了聳肩，一臉無所謂地說道：「你沒有你想像的那麼厲害，我也不是你說要殺就可以殺的。」

「是嗎？」人影仰起臉說：「那要不要試試看啊？」

「好啊。」任凡乾脆地說道。

還沒等人影反應過來，任凡立刻雙手一拍，整個人就這樣瞬間消失在人影的視線範圍之中。

面對任凡這宛如鬼魅般的消失，人影也不吃驚，只是冷冷地「哼」了一聲。

骨董店外的街道，任凡拔腿奔馳。

「哈，狄仁傑，我呸。」一邊跑任凡嘴邊還不忘記臭罵對手幾句。

原來那人影正是這些日子一直想要阻止任凡與撚婆的男人，也是武則天最得力的手下，不管是生前還是死後，狄仁傑一直都是武則天最有用的一員大將。

因此剛剛遇到狄仁傑，任凡才會使用撚婆給他的法寶，遮住了他的鬼眼，讓他看不到自己，然後自己趁機溜走。

在撚婆不在的情況之下，單獨跟狄仁傑對抗，恐怕就算給任凡多十條命也不夠用。

為了怕被狄仁傑追上，任凡還是一直緊緊地抓著撚婆給的符，一路狂奔不敢有半點歇息。

一邊跑任凡一邊覺得好笑，畢竟到目前為止，一切都跟自己還有撚婆所計畫的一樣，看起來就是非常順利。

那個狄仁傑，恐怕到現在都還不知道發生什麼事情吧？

就在任凡這麼想的時候，突然眼前不遠處一個人影一閃，擋在了任凡前面。

任凡嚇了一跳緊急剎車，整個人因為停得太急，幾乎要撲倒在地上，還好最後一刻用手撐了一下，才不至於整個撲倒在地上。

任凡會嚇成這樣，不是沒有原因的，因為這突然出現在眼前的人影，不是別人，正是狄仁傑。

「這個東西，」狄仁傑用手指了指任凡手上的符說：「你們上次已經用過一次了，這段時間我已經研究過該怎麼破解了。」

經過了激烈的奔跑，加上剛剛被狄仁傑這麼一嚇，任凡整個人還跪在地上喘氣，沒辦法回嘴，只用手比出了大拇指，讚揚了一下狄仁傑。

「來吧，」狄仁傑抽出了自己那把武器：「你現在就好好看看我能不能夠殺了你。」

聽到狄仁傑這麼說，任凡從地上站起身來，用手指搖了搖說：「嘖嘖嘖，就好像你的那個武器一樣，你還搞不清楚嗎？你已經輸了，可是你卻不知道。」

「什麼？」狄仁傑皺起了眉頭。

在這之前，狄仁傑跟任凡已經交手過三次，知道這小子口齒伶俐，一張嘴很會說，因此實在不是很想跟他囉嗦。可是每次任凡總是會說出個不明不白的東西，讓人想要追問下去。

「或許在今天之前，」任凡喘著氣說：「我們不知道該怎麼對付武則天，但是今天一切都不一樣了。你應該最清楚這點才對，因為告訴我們正確答案的人，不就是你嗎？」

聽到任凡這麼說，狄仁傑沉下了臉，想了一會之後，沉重的閉上了眼睛。

「所以……你們其實根本不知道是什麼東西，是不是？」

「哇，」任凡讚嘆地張大了嘴：「你果然很厲害，只講這樣你就懂了。」

面對任凡的真心讚美，狄仁傑卻半點也開心不起來。

今晚的情況，正如任凡所說的一樣，一切都只是一個圈套，又或者可以說是一個賭注。

在接連跟武則天交手過幾次之後，撚婆就情況來推測，武則天之所以會這樣很有可能是因為棲身在某個容器之中。

這完全是基於撚婆這些年來的經驗，所做出來的推斷。

然而茫茫人海之中，根本不可能找得到那個容器。雖然在撚婆的推測之下，大概可以鎖定一些目標，可是一來不知道該如何測試，二來大規模搜索之下，曠日費時，很可能在兩人找到那個容器之前，就已經被武則天打倒了。

於是任凡想到了一個辦法，就是讓鬼魂們流傳兩人已經鎖定了那個容器，如此一來，只要任凡接近那個容器，狄仁傑肯定會現身，如此一來，就可以快速找到那個容器。

因此這幾天，靠著鬼魂的幫忙，任凡闖入了許多家骨董店，終於在今天晚上，順利遇上了狄仁傑。

為了不讓武則天起疑，兩人還分頭行動，撚婆持續纏著武則天，而任凡則想辦法去找到那個容器。

當年就是因為兩人聲名大噪的結果引來了殺機，今天任凡也利用這樣的流言引出了狄仁傑，因為他知道所有的情報最後肯定都會落入武則天與狄仁傑耳中。

今晚，狄仁傑的現身，等於告訴了任凡，那個容器就在那間店裡面，而且極有可能就是任凡當時看到的那個花瓶，讓狄仁傑了解到，這一次這小子說的話，很可能是對的。

想不到自己竟然會被這一對母子算計，一時之間，讓狄仁傑有點啞口無言。

不過經歷過無數風浪的狄仁傑很快就恢復過來。

「沒錯，這點我承認我是有點低估你們了。」狄仁傑淡淡地說：「想不到你們母子倆，老是見到人就開扁，還會用腦。」

任凡一臉得意。

「可惜了，」狄仁傑緩緩地舉起了那把獨特的武器：「既然你知道了，我說什麼也不會讓你活著離開。」

「啊？」任凡搖搖頭說：「殺了我……也沒用吧？」

因為任凡如果在這邊死了，不正也代表著目標正確，即便不需要任凡傳話，撚婆也會知道那個花瓶在哪間店。

意識到這點的狄仁傑，緩緩地放下武器。

是的，足智多謀的他非常清楚，這場戰鬥在這裡已經走向一個他無法阻止的方向了。

「走吧，」沉吟了一會之後，狄仁傑對著任凡說：「帶我去見你的母親，我有事情想要跟你們兩個商量。」

3

或許是輕敵，也或許是一切在冥冥中都有定數吧。

到了這種時候，就連狄仁傑也知道，這一對看起來就像是不學無術，無法無天的母子，似乎真的有點機會，可以打倒武則天。

即便那個機率還是很低，但是也到了狄仁傑無法忽視的地步。

當任凡與阿邦開始在台灣到處遊晃，打著什麼黃泉委託人的招牌時，狄仁傑根本不曾把他放在眼裡過。

可是，當武則天得知任凡之後，就下令一定要除去他，狄仁傑也不是不了解。

因為任凡跟那個男人，真的太像了。雖然能力來說，還有著天壤之別，但是就連狄仁傑也感覺得到，任凡跟那個男人之間，確實有很多地方太過於神似。

這當然會讓武則天極度不悅，因此才會誓言將任凡除去。

打從任凡開始之後，狄仁傑就一直試圖想要阻止一些情況的發生。但是，情況卻一直朝著最糟糕的地方而去。

所以這一次，他決定改變風向，親自帶領著大局朝自己想要的地方去。

一切都必須有所改變，這當然是狄仁傑會向兩人提出談判要求的主要原因。

當然除此之外還有一個更重要的原因，不過這點狄仁傑並不打算告訴兩人。

「你還真的不是普通的搞威（多話）。」

看到了被任凡帶上門，又想要「談談」的狄仁傑，撚婆忍不住翻了白眼。

一旁的任凡聽到撚婆這句話，點著頭表示認同。

「你們母子倆還是一樣，」狄仁傑無奈地反擊：「不是普通地好鬥。」

「這話說得好像不太對吧？」任凡歪著頭，略顯不悅地說：「是你們先對我們出手的。」

「是的，」狄仁傑點了點頭說：「可是你們見到鬼二話不說就要打，仍然是好鬥的。」

「那你倒是說說，」撚婆冷冷地說：「這一路上我所除的惡靈，有哪個不是跟你的頭頭狼狽為奸的？」

狄仁傑默不吭聲。

確實這一年多來，撚婆與任凡的足跡，幾乎都是鎖定在武則天的勢力範圍之中，當然，狄仁傑也知道，這是兩人在想辦法削弱武則天的力量，所設下的路線。

對於這點，狄仁傑並不想要多加辯解，畢竟這不是他此行的目的，當然不只有狄仁傑這麼想，就連撚婆也不想再針對這個話題繼續爭論下去。

「廢話不要多說了，」撚婆冷冷地揮了揮手：「你有什麼話要談，就趕快說一說吧。」

對撚婆與任凡來說，現在狀況已經不一樣了，在狄仁傑現身之後，兩人已經確定了那件跟武則天相關的文物，就藏在那間店裡面。雖然實際上到底能夠起到多大的作用，兩人還不知道，不過從種種跡象看起來，會讓狄仁傑如此緊張，就表示那個文物很有可能對武則天來說，有著絕大的殺傷力。

或許在今天之前，兩人還沒有辦法可以打倒武則天，但是現在情況已經完全不同了，風向開始轉變，因此撚婆不想要讓狄仁傑攪局，如果等等狄仁傑的提案，有半點讓撚婆聽不順耳的地方，或者有任何可疑之處，撚婆都打算狠狠地拒絕。

「只要你們能夠答應我一件事情，」狄仁傑直接切入重點：「我就把武后的祕密告訴你們。」

「什麼樣的祕密？」任凡一臉狐疑：「如果是她寵愛誰，或者是喜歡的類型，這種的就免了。」

聽到任凡這麼說，狄仁傑白了他一眼，然後正色道：「一個可以收服她的祕密。」

撚婆與任凡聽了互看一眼，撚婆說：「我們怎麼相信你說的是真的假的？」

「不管真的假的，」狄仁傑說：「反正這場決鬥是不可避免的，對你們來說是這樣，對武后來說也是如此，不是嗎？是真是假，到時候你們自然就會知道了。」

當然，如果是姑且一聽的話，撚婆跟任凡這邊當然是沒什麼問題，唯一的問題就是，狄仁傑的要求是什麼。

看著兩人的臉色，狄仁傑當然也知道兩人的想法，因此點了點頭。

「我的條件很簡單，」狄仁傑說：「就是無論如何，你們都不能消滅武則天。」

「啊？」聽到狄仁傑的要求，任凡張大了嘴。

「我會教你們封印她的方法，」狄仁傑說：「這就是我的條件，只要你們答應我不消滅她，我可以提供你們方法，我還可以保證在你們對決之際，我不會出手干擾，另外我還可以支開大部分的幫手，讓你們可以專心對付她。」

先前撚婆已經打算，如果狄仁傑的話有點可疑，不需要多考慮，立刻回絕就對了，可是不得不承認的是，這的確大大超過了任凡與撚婆的意料之外。

雖然說，撚婆與任凡已經確定了文物所在，接下來靠著撚婆長年的經驗，應該有辦法從裡面找到一點蛛絲馬跡，進而找到可以對付武則天的辦法。

不過這些目前都還未知，就連撚婆自己也不知道，是不是真的可以找得到辦法。

而且更重要的是，就像狄仁傑所說的一樣，雙方一戰在所難免，更何況撚婆這邊本來就沒打算徹底消滅武則天，對任凡來說，或許阿康的仇恨很深，不過對他來說，能讓武則天付出代價，或者送到地府去，也就夠了。對兩人來說，這真的是個只賺不賠的約定。

畢竟只是聽聽，就當作多一個意見也沒什麼不好。要不要真的照著對方所說的去做，決定權仍然在兩人身上，因此只是聽聽，不管是任凡還是撚婆都想不出有什麼詭計可以使。兩人大可以聽了之後，完全不予理會。

「為什麼？」撚婆也是一臉狐疑：「你不是武則天的手下嗎？為什麼要這麼做？」

「是牆頭草嗎？」任凡挑著眉問。

「我當然有我自己的原因。」狄仁傑淡淡地說。

聽到狄仁傑這麼說，任凡當然張大嘴想要追問，但是狄仁傑伸出了手阻止了任凡。

「答案等你封印了武則天之後，我們再說。」狄仁傑說：「如何？你們接不接受？」

從過去雙方交手的歷史，撚婆與任凡兩人也了解到了狄仁傑的足智多謀，不能那麼容易相信，不過就目前的情況看起來，兩人怎麼想也想不到光是聽聽狄仁傑所說的話，到底還能有什麼陰謀。

因此即便對狄仁傑的話有些疑慮，不過撚婆與任凡還是答應了狄仁傑所提出的這個交易。

「如果你的要求真的只有這樣，」撚婆與任凡互看了一眼：「那沒有什麼問題，我們接受你提的交易。」

想不到兩人竟然連商量都不用，讓狄仁傑有點訝異。畢竟任何正常人，面對武則天這樣的對手，如果有機會可以除之，應該都會選擇將她消滅吧？不可能選擇將她封印，留著無窮的後患才對。

「如果你們反悔，」狄仁傑狠狠地說：「那麼我也保證你們絕對不可能活著回去。」

「如果你不相信我們，」任凡攤攤手說：「那麼這個交易似乎沒有什麼意義了，不是嗎？」

聽到任凡這麼說，狄仁傑點了點頭。

的確會對兩人提出了這個交易，倒也不是單純只是因為風向的改變，而是透過與兩人的交手，以及平常觀察出來的結果，這一對母子雖然行為比較衝動，但也算是性情中人，應該不至於會反悔。

「就看你了，」撚婆說：「你自己決定好吧，到底要不要相信我們。」

狄仁傑沉吟了一會，然後緩緩地點了點頭。

「那麼，」任凡說：「就開始說吧，那個關於武則天的祕密。」

原本兩人還以為，狄仁傑會很簡潔有力地將如何收服武則天的方法說出來，誰知道，卻是從頭開始說起。

「想要收服武后，」狄仁傑這麼解釋：「就需要從了解武后開始……」

4

一切都是從秦朝時期開始……

秦始皇眾所周知，在晚年時期對於死亡的恐懼，驅使他派人四處尋找關於長生不老之藥的事情。

而在派出的人之中，除了徐福之外，也有一個人帶回了一點成果回來。

那是秦始皇相當信賴的一個臣子，他聲稱自己上山找到修行千年的仙人，特別賜予他的寶物。

——那是兩顆丹藥與一本無字天書。

臣子聲稱，只要服用一顆丹藥，就可以跟那個山上的仙人一樣，成為長生不老、永世不滅的仙人。

生性猜疑的秦始皇，讓自己當時的愛妾先行服用，不料那愛妾竟然當場死亡，並且屍骨無存地變成了一團灰。

這號稱長生不老的丹藥，竟然會是恐怖的毒藥，讓秦始皇大為震怒，非但將那大臣砍成了肉泥，還派人上山準備把提供這丹藥的仙人給抓下來處死，但是上山的部隊卻沒有人回來。

後來這丹藥與天書，被鎖在國庫之中，逐漸被淡忘在歷史的角落。

在那之後經過了許多朝代，這顆丹藥與天書，也輾轉流落到各時代的君王手中。

其中或許有些君王有點興趣，但是在聽完秦始皇的那段往事之後，根本就沒人想要嘗試，一直到了武則天。

在武則天臨終前，她服下了這顆丹藥，結局當然跟當年的愛妾一樣，變得屍骨無存。然而在屍骨無存的同時，她也成為了永恆不滅的鬼魂，而她的狀況跟一般的鬼魂不太一樣，講難聽一點是永無超生之日，實際上是跳脫出了輪迴，成為獨立存在於天地之間的鬼魂。

這確實也是一種永生，只要沒有任何人將她消滅，她就用永生永世在黃泉界立足。

不只如此，就連那本原本無字的天書，在死後也成為了一本真正的天書，裡面詳盡記載著可以讓武則天君臨黃泉界的法門。

武則天閉關修練，歷經了百年的時間，終於修練完成，並且出關準備拿下整個天下。

然而人算不如天算，那時候的人世間，出現了一個黃泉界的大人物——鍾馗，一個讓黃泉界聞風喪膽的大人物。

出關擁有強大力量的武則天，一開始完全不將鍾馗放在眼裡，但是鍾馗卻越來越強大，最後甚至成為了武則天真正統一天下的唯一絆腳石。

兩人最後進行了對決，這一場對決延續了數天之久，最後武則天被打傷，一部分的力量被封入一個花瓶之中。只是在最後的危急之際，武則天送出了自己的元神，並且把它藏在一個連鍾馗都沒有辦法找到的地方。因此這個封印並不完整，也是武則天到現在都還能夠成為一方梟雄，統治一個地方的黃泉界最主要的原因。

由於受傷加上封印的關係，武則天的力量大不如前，並且受到花瓶的牽制，沒辦法離開花瓶太遠。後來政府遷台，這個花瓶也跟著來到了台灣，一直到了現在。

不過也因為這個緣故，武則天得知任凡這個明明在人世間活著，卻在黃泉界準備大展身手的活人，立刻聯想到鍾馗，因此才會特別針對任凡出手，代價就是害死了阿康，並且引發了這場雙方的大戰。

這就是發生在過去，關於武則天的事情。只是這些情報遠遠超過任凡與撚婆所期待的範圍，尤其是得知武則天過去跟鍾馗之間的對決，對撚婆與任凡來說，本身的幫助已經遠遠超過了預期。

因此兩人越聽臉色越是鐵青，尤其是聽到連鍾馗都沒有辦法順利封印住武則天，更是讓兩人灰頭土臉。

「是的，」狄仁傑對兩人說：「那個花瓶確實就在那間店裡面，不過就像我剛剛跟你們說的一樣，只有花瓶是不夠的。」

當然，到現在為止，兩人還不能夠百分之百相信狄仁傑，不過如果狄仁傑所說的是真的，那麼只找到花瓶確實是不夠。

「所以你知道武則天的元神藏在哪裡？」撚婆問。

「不知道。」狄仁傑答得很乾脆。

「所以我們一整個晚上到底聽了什麼？」任凡難以置信地跳了起來：「你只是跟我們說了個故事，但是最重要的事情，你根本沒說，那不是等於脫褲子放屁，白說了？」

「脫褲子放屁，是多此一舉。」狄仁傑白了任凡一眼，冷冷地說：「不是白說。」

「這也是多此一舉啊！」任凡叫道：「沒有元神藏匿的地點，我們聽完這個故事有個屁用啊！」

任凡話才剛說完，後腦勺就被撚婆敲了一下。

「你說太多屁了，」撚婆轉向狄仁傑：「不過這小子說得沒錯，少了這個最重要的情報，根本沒意義。」

「我了解，」狄仁傑說：「不過元神這件事情，即便是我，武后也不願意透漏，畢竟這對她來說，會是最大的弱點。」

狄仁傑是武后最信賴的一員大將，這點不管是生前還是死後，皆是如此。

兩人不知道的是，武后在服用了丹藥，並且修練出關之後，第一件事情就是想盡辦法找到狄仁傑的魂魄，因為武后知道，缺少了狄仁傑，她的王國將會難以治理，不管是生前還是死後這點都一樣。

聽到狄仁傑這麼說，兩人互看了一眼，實在不知道這缺少最重要的一塊拼圖，到底是不是真的有用。

「不過，」狄仁傑說：「經過我這麼多年來的觀察與推敲，我或許有辦法找到……」

「喔？」

「可是，」狄仁傑說：「如果要找到元神，可能需要兩位的協助。」

「怎麼樣的協助？」

「像今天晚上一樣，」狄仁傑說：「撚婆妳繼續吸引武后的目光，跟武后的分身衝突，而任凡你則照我的指示，到我懷疑的地方，讓我可以名正言順地去找你。」

雖然這個提議，看起來的確有點像是陷阱，但是如果只是想要獵殺兩人，今晚狄仁傑至少就有機會可以幹掉任凡。

因此雖然有所疑慮，但是兩人還是打算先配合狄仁傑所說的話試試看。

「可是，」任凡一臉狐疑：「你真的可靠嗎？不，先不要說我們相不相信你啦，光是靠你推理，就想找到鍾馗找了多年也沒辦法找到的元神？」

聽到任凡這麼說，狄仁傑沉下了臉。

「你們還真的是不學無術啊……」狄仁傑冷冷地說：「說到推敲審案，我可是名留青史的水準，怎麼你們真的都沒調查過我嗎？」

「是有稍微查一下啦，」任凡聳了聳肩說：「不過你知道，沒有親眼見到，總是很難信服。」

「好，那你這次就好好親眼見識看看吧，」狄仁傑一臉不悅：「我就跟你賭上我的名聲，如果我沒找到，我狄仁傑就隨便你去講。」

「……不管你有沒有找到本來就是隨便我去講啊。」任凡小聲地抱怨。

不過看在狄仁傑如此自信的情況之下，似乎目前也只能選擇相信了。

因此撚婆與任凡在商量了一下過後，決定先暫時配合狄仁傑，看看他是不是真的如他所說的一樣，能找到武則天的元神。

5

情況就好像馬可波羅在他暢銷黃泉界的書《任凡的行進》中提到的一樣，任凡之所以可以成為家喻戶曉的黃泉委託人，撇除任凡本身的能力不論，主要有兩個重要的基石。

在任凡的行進之中，馬可波羅這麼寫道：「其中一大基石，就是拉攏了許多跟我（馬可波羅）一樣的歷史名人。在這些歷史名人的加持之下，才會讓他備受關注，一開始黃泉委託人業務之後，生意立刻一飛衝天，蒸蒸日上。而另外一個基石，就是他打敗了曾經君臨東方黃泉界的一代女皇——武則天。就好像他來到西方之後，打倒的那個凱撒大帝一樣。」

雖然說，在與狄仁傑之間訂下這樣的約定時，不管是任凡還是撚婆，都多少抱持著不信任的態度，但是在幾個禮拜之後，兩人不但照著狄仁傑的指示，找到了武則天的元神，並且在正式攻入武則天位於陽明山上的大本營時，狄仁傑也確實支開了所有的守兵，讓任凡與撚婆可以直接跟武則天本人對決。

事後就連任凡也不得不承認，如果當時沒有跟狄仁傑訂下這樣的約定，兩人根本不可能打得贏武則天。

先不要說在沒有找到武則天的元神之下，兩人光是硬幹可能無法打贏，光是那個被武則天當作根據地的地下基地，那錯綜複雜迷宮般的通道，還有數量驚人的守兵，可能讓兩人連靠近都沒有辦法靠近武則天，更不要說對決了。

而且在武則天的步步進逼之下，雙方都到了騎虎難下的階段，如果不是狄仁傑的情報，兩人極有可能在這場決鬥之中成為落敗的一方。那麼不要說黃泉委託人了，兩人可能就此喪命。

因此，這個與狄仁傑之間的約定，遠比撚婆與任凡想像的還要重要。只是這個時候，兩人還沒有這樣的認知而已。

可是當兩人了解到這點之後，不禁讓原本就有疑慮的兩人更加疑惑，那就是為什麼狄仁傑要幫助兩人。

只是這點，即便兩人打倒了武則天，並且遵守約定將她封印而沒有消滅之後，狄仁傑到頭來也沒有告訴任凡。

然而，不管是任凡還是撚婆，都以為這場與武則天之間的惡鬥，在那場決鬥之後，畫下了句點，沒想到的是這場決鬥為雙方畫下的不是永恆的句點，而是一個短暫的休止符。

後記

大家好，我是龍雲，很高興在這邊跟大家見面。

第一次寫下黃泉委託人的時候，到今天已經是多年以前的事情了，很多細節的部分，經過了這麼多年，其實已經記不太清楚了。

不過有些事情，當時根本沒有意識到會是被自己記住的事情，卻還是很清晰。

像是當時因為習慣在半夜的時候寫稿，那半夜三點多，定時會從樓上傳來的鞋跟腳步聲，或者是隔壁徹夜的吵雜聲響。

在重看這本小說的時候，這些回憶都在腦海之中甦醒，就好像揮之不去的惡夢一樣。

除了這些聲響之外，當時住的地方，是個就連颱風天都可以鴉雀無聲的寧靜環境，也因為這樣讓這些半夜突如其來的聲響，更加詭異。

不過更讓我意外的，是當時的我一點也不覺得困擾，還這樣開心地住在那邊三年。現在回想起來，當時的自己也真的有點麻痺。

事到如今，我已經不住在那裡了，不過除了這些體驗之外，那邊還有許多事情，一直到現在我還是很不解。不管如何，這些回憶都在重看這本小說的時候浮現，讓我覺得挺不可思議的。

最後，同樣地不管你是第一次看，還是重新再看一次這本小說，都希望你們會喜歡，那麼我們下次見囉。

龍雲

龍雲作品 13

黃泉委託人：陰鬼師

國家圖書館出版品預行編目資料

黃泉委託人：陰鬼師 ／ 龍雲 著. — 初版. —
臺北市：春天出版國際，2016. 12
面； 公分. —（龍雲作品；13）
ISBN 978-986-5607-94-4（平裝）
857.7 105020171

ISBN 978-986-5607-94-4
Printed in Taiwan

作者 龍雲
封面繪圖 啻異
總編輯 莊宜勳
主編 鍾靈
責任編輯 黃郁潔
美術設計 三石設計

出版者 春天出版國際文化有限公司
地址 台北市信義區信義路四段458號3樓
電話 02-7718-0898
傳真 02-7718-2388
E-mail story@bookspring.com.tw
網址 http://www.bookspring.com.tw
部落格 http://blog.pixnet.net/bookspring
郵政帳號 19705538
戶名 春天出版國際文化有限公司
法律顧問 蕭顯忠律師事務所
出版日期 二〇一六年十二月初版
定價 199元

總經銷 楨德圖書事業有限公司
地址 新北市新店區寶興路45巷6弄6號5樓
電話 02-8919-3186
傳真 02-8914-5524